実話怪事記
狂い首

真白 圭

竹書房文庫

目次

牛蛙

田崎さんが、まだ小学生だった頃の話だ。

ある日の深夜、彼は釣りに出掛けたという。
外灯のない真っ暗な畦道を、懐中電灯ひとつで貯水池へと歩いたのである。
狙いは、雷魚だった。
昨日の帰宅途中、たまたま貯水池の近くでウシガエルの鳴き声を聞いた。
地の底が割れるような、〈ヴモーッ〉という野太い声だったという。
〈これだけの鳴き声なら、きっと巨大なウシガエルがいるのだろう〉と、思った。
それが、雷魚を釣ろうと決めた理由である。
親戚の叔父から、雷魚は蛙を餌にしていると聞いていた。
ならば、大きなウシガエルのいる池には、大物の雷魚もいるはずだと考えたのだ。
貯水池は葦藪《あしやぶ》に覆われており、一ヵ所にコンクリートの水門が設えてあった。
近くの田畑に水を送るための、小さな門扉である。

田崎さんは、その場所に腰を落ち着けると、早速釣り糸を垂らした。
夜明けまでには、だいぶ時間がある。
暗闇でウシガエルの鳴き声を聞きながら、あたりが来るのを待ち続けた。
そして――まったく、釣れなかった。
雷魚どころか、フナすらも引っ掛からない。
餌を変えても釣れず、そのうちに腹が立ってきた。
〈ヴモォーッ、ヴモォーッ〉と、近くの水面でウシガエルが鳴く。
その鳴き声を、煩《わずら》わしく感じた。
「そらっ!」と、腹立ち紛れに石を投げた。
暗くて姿は見えないが、ウシガエルにぶつけてやろうと思ったのである。
すると、〈べちっ〉という音が響いた。
まるで生肉を素手で叩いたような、弾力のある音だった。
だが、それでもウシガエルの鳴き声は止まらない。
もう一度、石を投げた。
〈べちっ〉と、同じ音が聞えた。
〈なんだか、しぶとい蛙だな〉と、懐中電灯を向けてみた。

──女が、水面から顔を出していた。

そいつは、まっすぐこちらを睨みながら、「ヴモォー、ヴモォー」と鳴いている。

ぞっとして、懐中電灯を落としてしまった。

が、紐でぶら下げてあったので、水面には浸かっていない。

震えながら、もう一度水面を照らすと、女はいなくなっていた。

田崎さんは釣りを切り上げ、急いで家に戻ることにした。


「親戚の叔父さんに、この話をしたら『それは、うしおんなだよ』と、言われたんだけど……どうなのかねぇ？　確かに、牛みたいな声を出していたけどさ」

その後、田崎さんは釣りをやらなくなった。

いまでも蛙の鳴き声を聞くと、身が竦《すく》む思いがするのだという。

潜伏キリシタン

「アイドルって、大変なんですよ。ライブ活動を定期的にやっているんですけど……お金にならなくて。でも、ファンの人たちが楽しんでくれるから、頑張れるんです」

ゆかさんは、とあるアイドルグループのメンバーである。

いわゆる「地下アイドル」と呼ばれるグループではあるが、一応、芸能事務所にも所属しているそうだ。

そんなゆかさんから、少し変わった体験談を聞かせて貰った。

「おととし、家で小さな段ボールの小包を受け取ったんです。私、両親と住んでいるから、自分では滅多に宅急便を受け取らないんですけど」

その小包を見た瞬間、嫌な予感がした。

ゆかさん宛の荷物だが、送り主は知らない名前だった。

ファンからのプレゼントかとも考えたが、住所を明かしたことなどない。

第一、プレゼントを渡したいのであれば、ライブで手渡しすれば済む話である。

〈中身は何だろう?〉と、用心しながら荷箱を開けてみた。

――髪の毛が、入っていた。

八センチほどに切られた毛髪の束で、両端を白い紐で丁寧に縛ってある。

思わず、悲鳴を上げた。

「質の悪いファンからの、嫌がらせだと思ったんです。ちょっと前にあったじゃないですか、地下アイドルの娘が刺されたって事件。あの事件を、思い出しちゃって」

自分のファン層から考えて、男性だと推測した。

髪の毛の片方は断面が平らに揃っていて、鋭利な刃物で切断したように見える。

もう片方は毛先なのか、筆の先端のように先細っていた。

荷箱には他に何も入っておらず、特に危険があるようには思えない。

心配を掛けたくないので、このことは両親に黙っておくことにした。

「気持ち悪いけど、それ以上じゃないって思ったんです。髪の毛も、そのままごみ袋に捨てました。取っておいても仕方ないので」

その後、何ごともなく数週間が過ぎた。

ゆかさんは、髪の毛のことをいつの間にか忘れていたという。

だが、再び彼女宛に荷箱が届いた。

送り主の名前は違っていたが、外箱と、中身が同じだった。

八センチほどの長さに切られた髪が、力士の髷《まげ》よろしく紐で括られている。

「ただ、ひとつだけ、前回と違うところがあって。そのときの髪って、両方の端が平らに切られていたんです。でもそれ以外は、前回と同じように見えました」

ゆかさんは、〈もしかして、この嫌がらせって続くのかしら〉と不安になった。

だが、それでも誰かに相談する気にはなれない。

心の片隅に、自分のファンを疑いたくない気持ちがあったのだと、彼女は言う。


だが数日後、またも髪の束が届いた。

今度の髪は、片方は平らに切り揃えてあったが——

もう片側は、違った。

先端に、毛根がついている。

無理矢理に引き抜いたらしく、頭皮の破片と、血液が付着していたのである。

「そのとき気づいたんです。いままで送られてきた髪の毛って、元々はひとつに繋がっていたんだって……たぶん、長い髪を根元から引き抜いて、刃物で三等分に切り分けたんだと思うんです。それを、私に送りつけていたんだって」

髪の毛の長さから考えると、送り主が男性とは考えにくい。

つまり、これはファンの嫌がらせなどではなく――

「女性からの、呪いなんじゃないかって……」

証拠がある訳ではないが、考えてみれば思い当たるフシはあった。

地下アイドルであっても、ライバルは多いのだ。

色々と悩んだ末、ゆかさんは一連の出来事を両親に相談することにした。

これ以上、ひとりでは抱えきれないと、観念したのである。

「これ……きっと、呪いだわ」

話を聞いた途端、母親がそう断言した。

そして、「このままじゃ不味いから、何とかしてあげる」と、言った。

「でも、うちの母って、別に霊感とかは無いんですよ。なのに、妙に自信たっぷりに言うから、『どういうことなの』って聞いてみたら」

なんでも母親は、これから長崎の実家に住む祖父に、相談してみるのだという。

ゆかさんの母方は、「潜伏キリシタン」の家系である。

聞くと、「潜伏キリシタン」の家には、代々伝わる秘術があるらしい。

その中に「呪い返し」と呼ばれる術があるのだと、母親は言った。

「母方の家系が『潜伏キリシタン』だってことは、前から知ってはいたんですけど……まさか、秘術が受け継がれているなんて、聞いたことがありませんでした」

だが、いまでは本当に秘術はあるのだと、確信している。

なぜなら、あれ以来、一度も髪の束が送られてこないからである。

不幸な出来事もなく、いまでもゆかさんは元気にアイドル活動を続けている。

道案内

知人の塚本さんから、こんな話を聞いた。
いまから、数年前のこと。
当時、入院していた父親の状態が良くないと、病院から連絡があった。
彼の父親は末期の癌と診断されており、数週間前からは緩和ケア病棟に移っている。
病室に駆けつけると、すでに父親の意識は無くなっていた。
担当医が言うには、それでも先刻よりは、幾分病状が和らいでいるのだという。
このまま持ち直せば、意識が回復する可能性もあると、励まして貰った。
もっとも父親は高齢で、延命できたとしても完治は望めない。
叶うなら、せめて最後にもう一度、言葉を交わしたいと塚本さんは思った。
すると――
『鈴木さん……塚本さんに三途の道、教えて……』
病室の窓側から、声がした。
室内にはもうふたり、患者がいる。

どうやら、一番窓際のベッドで寝ている女性患者が、声を掛けてきたようだ。

だが、冗談にしても、言って良いことと悪いことがある。

呆れながら、再び担当医に向き直ると——顔色が、真っ青だった。

看護師も表情を引き攣《つ》らせて、立ち竦んでいる。

訝しく思い、どういうことかと担当医に聞いた。

「あの方は、ずっと昏睡状態で……喋れるはずはないんだが……」

そう言ったきり、担当医は黙ってしまった。


「後で聞いたら、女性患者が言った『鈴木さん』とは、親父の隣で寝ている別の患者のことだったんです。やはり、昏睡状態だったらしくて……」

なぜ、女性患者が他の患者の名前を知っているのか、わからなかった。

第一、彼女自身も意識不明で、元々、口が利ける状態ではなかったのである。

「もしかしたら親父は、ふたりに道案内を頼んだのかもしれません」

少し寂しげに、塚本さんは微笑んだ。


容体が急変し、彼の父親が亡くなったのは、その日の深夜だったという。

ロダン

平野さんは、都内に数軒の西洋菓子店を持つ、人気のパティシエだ。

店の業績も良好で、菓子職人としてだけでなく、経営者としても優秀な人である。

そんな平野さんから、自身の体験談を聞いた。

「もう、十数年以上も昔の話だよ。その頃はまだ駆け出しでね。下積みで鍛えられて、ようやく独り立ちした頃だったよ」

当時の平野さんは、代官山に店を持つのが夢だったそうだ。

ファッションの街として有名な土地で、自分の実力を試してみたかったのである。

「味だけじゃなく、美的センスも求められる街だから。『自分が培った技術が、どこまで通用するのか』なんて……結構、気負っていたよ」

やがて平野さんは、方々から資金をかき集めて、出店する決意を固めた。

代官山に限らずに、広く条件に適したテナント候補を不動産屋に提出させ、詳細な検討を始めたのである。

その中に一軒、強く興味を引かれる物件を見つけた。

場所は代官山で、立地条件の良い人気物件だった。

以前はカフェが入っていたらしく、店内の間取りも申し分ない。

ただ、問題は出店のコストである。

通常、テナントを借りる際は、補償金を貸主に預けなければならない。

金額は条件によって異なるが、人気物件の場合、相当な額になるのだという。

「当時に用意できた資金では難しくて。出店計画書を提出した段階で減額の交渉をしたんだが、他にも希望者が多くてね。他の事業者が借りたみたいだったよ」

平野さんは代官山の物件を諦め、別の場所にテナントを借りることにした。


それから一年後のこと。

平野さんの西洋菓子店は評判が高く、売上げも順調に伸びていたという。

信頼できる菓子職人も雇えていたので、次の店舗を増やす計画を考え始めた。

「最初の店が上手くいったから、それなりに自信がついてね。もちろん、テナントの選定は慎重に進めたよ。二号店で失敗すると、いままでの苦労が台無しになるから」

前回と同じ不動産屋から、再び幾つかのテナント候補を紹介して貰った。

すると、リストの中に見覚えのある物件があった。

前回、保証金がつり合わずに諦めた、あの代官山の物件だった。

「あれっ、ここって去年、他の人が借りてたよね?」と、何げなく聞いた。

すると担当は、「家賃が高くて、上手くいかなかったんじゃないですか」と答える。

そのときは、それっきりとなった。


さらに一年が経ち、三号店を出店することになった。

やはり、同じ不動産屋にテナントを探して貰った。

すると、前回とは別の担当が「ここなんかは、条件が合うんじゃないですか?」と、例の代官山の物件を紹介してきたという。

聞くと、一年前に別の借主が入り、半年を待たずして撤退したらしい。

家賃は、最初の頃よりもだいぶ安くなっていた。

「まだ、代官山に憧れはあったけど……ちょっと用心してね、担当に『内見をさせてくれないか?』って頼んだんだ。あまり、借りるつもりはなかったんだけど」

なぜ、前の事業者たちが失敗したのか、その理由を知りたいと考えたのである。

だが、実際に訪れてみると、思っていた以上に良好な物件だったという。

店前の通りは客の流れが良く、立地に問題はない。

建屋も古びれておらず、間取りも広かった。

真っ白な内壁の店内は、エレガントで落ち着いた雰囲気を醸し出していた。

「非の打ちどころのないテナントだったよ。家賃は高いけど、正直、どうやったら事業が失敗するのか、不思議に思えたくらいで」

物件に魅了された平野さんは、じっくりと店内を見て回ったという。

「ここにテーブルを置きたい」、「この壁には絵を飾って」と、見れば見るほどに内装のアイデアが湧き出てくる。

暫くの間、内見に熱中して——ふと、店内がきな臭いことに気がついた。

タールを燃やしたような、嫌な臭いが漂っている。

「おいっ！　なんか燃えてな……」と声を出し掛けて、息を飲んだ。

店の奥の白壁が、真っ黒に変色していた。

まるで蛆《うじ》の湧いた肉片のように、壁の表面が小波立っている。

それは、真っ黒に焼け焦げた人間の、集合体だった。

無数の焼死体が、折り重なるように身をくねらせていたのである。

「ロダンの彫刻に、地獄の門ってあるだろ？　あんな感じだったよ」

恐怖で固まり、身動きができなくなった。

すると、「お気に召しましたか?」と、後ろから不動産屋に声を掛けられた。

その声で我に返り、もう一度見直すと――

元の白壁に戻っていたという。

「何であのテナントが駄目なのか、わかった気がしたよ。あんなモノが店内にいるんじゃや、客なんて寄りつく訳がないから」

三号店は、まったく別の場所に出店することにした。

あれから例の物件がどうなったのか、平野さんは知らない。

気味が悪いので、敢えて調べる気にもなれないのだという。

フィリピンの猿

「今年の夏、またフィリピンに行ってきたの」

そう言いながら、恵子さんは現地のスナック菓子を手土産にくれた。

なんでも、今年の盆休みに妹さんとふたりで、五日間ほど遊んできたらしい。

「でね、そのときちょっと嫌なことがあったの。よければ教えてあげるわ」

それは何よりの土産だと、早速、話を聞かせて貰った。


「セブ島にあるリゾートホテルに泊まったんだけど、今年で二回目だったの。おととしにも泊ったんだけど……気に入って、今年も行ったのよ」

最初に泊まったときのこと。

恵子さんたちは、ホテルの本館に部屋を取った。

そこからは、青い海原と、プライベートビーチを見渡すことができたという。

ビーチには、南国風のヴィラが数棟建ち並んでいる。

それもホテルの宿泊施設だったが、本館に泊るよりも割高だった。

ある日の夕方――ふと、一棟のヴィラに目が止まった。

残照に照らされた屋根の上に、赤茶色をした何かが動いていた。

遠くてよく見えなかったが、〈手長猿〉だと思った。

「ここのホテルには野生の猿までいるんだって、感動したの。見たら、ヴィラの手前に樹木が茂っていたから、そこに住んでいる猿なのかなって……それで、今度はあのヴィラに泊ってみたいって思ったのよ」

だが、従業員に猿のことを訊ねると、「そんなのは、見たことがない」と否定された。

それでも恵子さんは〈また、このホテルに来よう〉と、決めたという。


そして今年の夏、恵子さんたち姉妹は、再びあのホテルを訪れた。

宿泊場所は、浜辺に建つヴィラの一棟。

おととし、本館の部屋から眺めた、あの宿泊小屋だった。

「それがね、思ってたより安かったのよ。ヴィラっていうと、高級リゾートって感じがするじゃない？　だから、泊まらないと損だと思って」

ホテルのボーイに荷物を運んで貰って、本館からヴィラへと移動した。

しっかりとした建物で、外壁はコンクリートで造られていたという。

遠目に木造建築だと思っていた恵子さんは、少し意外に思ったらしい。

だが、部屋の内側は広く、内装も綺麗に整っていた。

「でね、今年で二回目だから、今回は積極的にホテルの外へ出ることにしたの。繁華街で買い物したり、海でダイビングやったりって。刺激があって楽しかったわ」

だが、宿泊して三日目の夜、ちょっとした問題が起こった。

妹とふたり、寝室で寝ていると『ドンッ!』と、いきなり天井が鳴ったのである。

驚いて飛び起きると、なおも『ドンッ! ドンッ!』と、断続的に振動が伝わった。

すぐに、おととし見た〈手長猿〉のことを思い出した。

〈なによ、やっぱり猿がいるんじゃない〉と、呆れた。

だが、わざわざ表に出てまで、猿を見に行く気にはならない。

隣のベッドで寝ている妹は、まったく起きる気配がなかった。

恵子さんも〈まぁ、動物のすることだから〉と、諦めることにした。

だが、翌日の晩も、屋根が鳴った。

よほど眠りが深いのか、妹が目を覚ますことはなかった。

「さすがに、毎晩っていうのも困るから、フロントに苦情を言ったの。でも、従業員は『猿なんていない』の一点張りで……」

その説明に納得できない彼女は、寝る前にバナナを一本、ヴィラの屋根に引っ掛けておくことにした。

もしバナナが無くなるなら、猿がいることを証明できると考えたのである。

「猿＝バナナ」という発想は単純すぎる気もしたが、他の方法は思いつかなかった。

だが、翌朝になってみると、予想通りにバナナが消えていたのである。

〈ほら、やっぱりいるじゃない〉と、彼女はひとりで納得した。


「でも、よく考えたらね、それがわかったところで意味はなかったの。だって、その日は旅行の最終日で、ホテルには泊らなかったから」

帰りのフライトは、深夜便を取っていた。

そのため、宿泊はしないものの、夜の十一時までヴィラに滞在する予定だった。

夕食の後、彼女たちは帰国の準備を始めた。

その途中、恵子さんはホテルのフロントに向かったという。

チェックアウトに合わせて、タクシーを呼んで貰えるように頼んだのである。

それが終わると、広い中庭から、ヴィラへと通じる海岸沿いの小道に戻った。

夜のビーチを眺めると、月明かりに海面が輝いている。

〈もう、バカンスも終わりね〉

潮風の香る小道で、恵子さんは暫し感慨に耽ったという。

すると——宿泊しているヴィラの屋根に、何かがいることに気づいた。

例の〈手長猿〉だと思った。

帰国する直前になって、やっと姿を見せてくれたのである。

慌ててスマートフォンを取り出し、レンズをヴィラの屋根へと向けた。

だが、カメラ機能が作動しなかった。

液晶画面が、なぜかノイズで黒く塗り潰されてしまうのである。

「でもね、そのスマホって、つい最近に買い替えたばかりなのよ。それに、いままでずっと正常に機能していたのが、急に壊れるなんて変だと思って」

カメラを手長猿に向けながら、真っ直ぐに小道を歩き続けた。

しかし、いくら画面を弄《いじく》っても、ノイズを消すことができなかった。

〈しょうがないなぁ〉とスマホを下ろして、手長猿を見た。

——日本兵だった。

銃口をこちらに向けた日本兵が、ヴィラの屋根で片膝を突いていた。

あまりのことに、悲鳴を上げることもできなかったという。

呼吸することさえ忘れ、彼女はその場に立ち竦んだ。

すると、いきなり日本兵が立ち上がって——曲がれ右をした。

そして『ドンッ！』と軍靴を鳴らして、そのまま背後の闇に消えた。

軍隊が行進するような、歩き方だったという。

〈あの人……もしかして毎晩、屋根を歩き回っていたのかしら？〉

唖然としながら、恵子さんはそんなことを考えた。


「どうして手長猿だって思い込んだのか、自分でもわからないのよ。でも、よく考えると、猿な訳ないわよねぇ。だって、ヴィラの屋根はコンクリート製なのよ。猿が暴れたくらいじゃ、音が響いたりしないでしょ？」

その後、恵子さんは妹を急かして、早目にホテルをチェックアウトした。

妹は最後まで、日本兵には気づいていない様子だった。

恵子さんも、敢えて教えることはなかったという。

「楽しい思い出を、台無しにできないから」と、彼女は言った。

恵子さんは現在、「来年も行こう」とせがむ妹を、どう説得しようか悩んでいる。

乗務員

以前、鉄道会社に勤めていた中田さんに、こんな話を聞いた。

「会社によって違うんですが、僕が勤めていた鉄道では、車内にある乗務員室の内線が、常時、開いていたんです。つまり、列車の先頭と最後尾で、何も操作せずに会話ができたんですね」

通常、乗務員室は列車の先頭と最後尾に設えてあり、構造は同じである。先頭側の乗務員室に運転手が乗り、最後尾側は車掌の持ち場となる。

当時、車掌をやっていた中田さんは最後尾に乗車し、主に車内でのアナウンスや、自動ドアの開閉を担っていたのだという。

「十年近く前になりますかね。その日、僕は上り線の普通列車の乗務でした。そろそろ駅に着く頃合いで、『次で昼食だ』なんて、ぼんやりと考えていました」

すると突然、「うわーーーーっ!」と、運転手の絶叫が聞こえた。

間髪入れずにブレーキ音が響き、列車が急停止した。

緊迫する中田さんの脳裏に、〈人身事故〉の文字が浮かんだ。

運転手は、同期入社の同僚だった。

中田さんは現状を把握しようと、運転手との交信を試みたという。

だが、何度呼び掛けても、運転室からの応答はなかった。

〈もしかしてアイツ、パニックを起こしているんじゃ……〉

心配になり、「おい、大丈夫かっ！」と声を張り上げると——

『あとふたり』

スピーカーから、聞き慣れない人の声が流れた。

——年老いた、女性の声だったという。

「一瞬、唖然としたんです。内線は乗務員室でしか繋がっていないので、混線はあり得ませんから。だから、何で関係ない人の声が、聞こえたのかって……」

だが、中田さんはその出来事を、つい最近まで忘れていたという。

あまりに凄惨な光景を見たせいで、記憶が塗り潰されてしまったのである。

やはり、人身事故だった。それも、飛び込み自殺である。

その日、中田さんは初めて、轢断された人体のパーツを掻き集める作業に就いた。

乗務員や駅員が〈人命救助〉という建前で実施する、除去作業である。

その作業が行われれば、警察の現場検証が早く終わるのだと、中田さんは言った。

亡くなったのは、若い女性だった。


その後、同僚は鉄道会社を辞めてしまった。

人を轢いた記憶がフラッシュバックしてしまい、運転手として乗車しても、電車のスピードを上げられなくなったのである。

中田さんも、半年後に転職したという。

二度目に人身事故の処理に駆り出されたとき、〈辞めよう〉と決心したらしい。

「あのときに聞いた『あとふたり』って言葉を思い出したら、怖くなってしまって。予言っていうか……あれが、もう一度あるのかって考えたら、嫌になったんです」

中田さんは現在、鉄道とは無関係の職場で元気に働いている。

くしゃみ

「くしゃみって伝染するよね？　他人のを聞くと、鼻がむずむずしてくるじゃない」

西岡さんは、大学病院に勤める循環器系専門の女医である。

たまたま同席した居酒屋で、私が怪談作家をやっていることを説明すると、なぜか彼女は『くしゃみ』について語り始めた。

専門の医学知識でも披露してくれるのかと思ったが、どうやら違うらしい。

「私ね、ずっと気になっていたことがあって。うちの大学病院のエレベーターでくしゃみをするとね、続けて誰かがくしゃみをするのよ」

エレベーターには、自分ひとりしか乗っていない。

最初のうちは、通り過ぎたフロアで偶然に誰かがくしゃみをして、それが伝わってくるのだろうと考えていた。

だが、何度か回数を重ねると、そんな偶然はあり得ないと確信した。

と言うのも、毎回彼女がくしゃみをした〈直後〉に、くしゃみが続くからである。

「誰かに、私のくしゃみが伝染しているようにしか思えなくて」

もちろん、エレベーターに乗るたび、彼女がくしゃみをする訳ではない。

寧《むし》ろ、滅多に起こることではないが、どうにも気になって仕方がなかったのである。

「でね、やっぱり医学に携わる者としては、原因を突き止めたいじゃない？　だから、今度チャンスがあったら、確かめてやろうと思ってたのよ」

そして、つい最近のこと。

何気なくエレベーターに乗り込んだ彼女は、不意にくしゃみがしたくなった。

鼻先に痙攣《けいれん》を感じながら、〈そうだっ！〉と咄嗟に妙案を思いつく。

「ハッ、ハッ、ハッ……」と、くしゃみを堪えながら、いきなり後ろを振り返ってみたのである。


――真後ろの壁から、見たこともない男が上半身だけを突き出していた。

男もくしゃみを堪えているようで、片手で鼻を押さえている。

「……クションッ！」

「ハッ……クショイッ！」

西岡さんと、その男のくしゃみが、エレベーター内でこだました。

暫《しば》し、視線が交り合った後――男は照れ臭そうに、壁の中へと消えた。

「お陰であのエレベーター、二度と乗れなくなっちゃったわよ。でも、初めて知ったんだけど……幽霊って、くしゃみをするのね」

少し酔ったのだろう、彼女はけらけらと笑いながら話を終えた。

急かされて

世の中が、まだバブル景気に沸いていた頃の話である。
地方に住む吉田さんは、その日、会社の飲み会で遅くまで飲んでいたという。
店が終わると行き場がなくなり、仕方なく帰宅することにした。
会社の部下三人を車で送った後、自分の家へと向かった。
もちろん、飲酒運転である。
しかし、当時は昨今ほど、飲酒運転に厳しい世論ではなかった。
特に地方などは、警官が見て見ぬふりをしていたほどである。
真夜中、通行人はおろか、対向車すら見掛けない道路を走り続けた。
が、途中の交差点で赤信号に掴まった。
信号無視をするのは、さすがに気が引ける。
マニュアル車のブレーキを踏みながら、ほんの僅かな間だけ目蓋《まぶた》を閉じた。
その数瞬に、夢を見た。
見覚えのない老人に、叱られる夢だった。

老人は何かを怒鳴っているように見えたが、まったく声は聞こえない。

大きく腕を上下させ、必死に手招いている様子である。

老人の口元を読むと、「は・や・く・い・け」と言っているようだった。

急かされてる――と思った途端に、目が覚めた。

見ると、信号が青に変わっていた。

気持ちが急いて、慌てて車を発進させる。

が、焦り過ぎて、クラッチの繋ぎを間違えてしまった。

ギアの噛み合わない車が、諤々《がくがく》と振動して止まった。

――その鼻っ面、数センチ先を暴走したトラックが横切っていった。

危うく、真横から衝突されるところだったという。

トラックはカーブを曲がらず、そのままガードレールへ突っ込んでいった。

「警察の実況見分のときに聞いたら、居眠り運転だってよ。あのとき、スムーズに車を発進していたらさ、間違いなく命を失っていたよ」

夢に出てきた老人が誰だったのかは、いまでもわからない。

ただ、〈俺を殺そうとしたのは、確かだったと思う〉と、吉田さんは言った。

小劇場

馴染みの居酒屋に入ると、ひさしぶりに遠藤くんがカウンターにいた。

小さな劇団で役者をやりながら、この店でアルバイトをしている若者である。

「暫く見なかったけど、役者のほうが忙しいんだ？」と、軽い気持ちで聞いた。

すると彼は「違うんす。実は、ちょっと怪我をしまして」と、顔を顰《しか》めた。

言われてみれば、以前よりも顔が腫れぼったい印象だった。

一体何があったのか、詳しく話を聞いた。


「うちの劇団、近くの劇場をよく使うんです。地下にある小さい劇場なんですけど、使い勝手がよくって……ただですね、そこ、『幽霊』が出るんす」

なんでも『幽霊』の目撃は多く、劇団関係者の間では有名な話らしい。

現れるのは決まって観客席で、上手側の通路で見掛けることが殆どである。

すらりと背の高い女性の幽霊で、クリーム色のブラウスにロングスカートという、割と控えめな姿なのだそうだ。

だが、その幽霊を見た役者は、一様に〈また、アイツだ〉と渋い顔をする。

「僕も、何度か見ているんですけどね……嫌なんですよ、アイツ見るの。劇場に化けて出てくるってだけなら、そんなに気にしないんですけど」

ごく稀に幽霊が嗤《わら》っている姿を、見ることがあるのだという。

声はまったく聞こえないが、さも可笑しげに、狂ったように嗤うのである。

その姿を見るのは、舞台上で演技をしている役者だけらしい。

そして、幽霊が嗤う姿を見た役者は、一週間以内に必ず怪我をするのだという。

「見ちゃったんすよ。あの女が嗤ってるの……俺、あのとき結構いい演技してたんすけどね。何が可笑しかったのか、大口を開けて嗤いやがって」

彼が怪我をしたのは、その二日後。

何もない歩道でいきなり転んで、強《したた》かに顔をぶつけたのだという。

治療だけで一か月を要する、やっかいな顔面骨骨折だった。

「だから嫌なんすよ、あの女見るの。予言のつもりか、それともアイツがやってんのかは知りませんけど……気持ちわりぃから」

出来れば劇場を変えて欲しいが、いまのところ、その予定はないらしい。

インストラクター

知り合いの浩子さんが、大学二年生のときの話だ。

その頃、彼女はスポーツジムで、事務員のアルバイトをやっていた。

最初は水泳教室のインストラクター希望で、アルバイトの面接を受けたらしい。

だが、残念なことにポストに空きがなく、面接の冒頭で断られたのである。

「でも、『事務員をやりながら、空きができるのを待ってみたら』って誘われたんです。時給も割と良かったし、やってみようかなって」

大学の講義の合間を縫い、週四日、一日四時間ほどジムで働いたという。

事務のアルバイトは、彼女を含めて四人。

その他に正社員のチーフがいて、アルバイトの指導を行っていた。

若いスタッフが多く、活気に満ちた職場だったという。

「受付の仕事が多かったですね。無料体験の案内をしたり、入退会の手続きを手伝ったりで。多少は、スタジオレッスンのサポートもやりましたけど」

そこのスポーツジムでは、インストラクターがレッスンの準備と後片付けまでを、自分で行う決まりとなっていた。

そのため、事務員がスタジオの清掃を手伝うことは、滅多になかったという。

ただし、ひとつだけ例外があった。

二階の奥にあるCスタジオだけは、日に一度、床清掃が義務付けられていた。

換気が悪く、湿気が籠るので、定期的な清掃が必要なのだと、チーフから言われた。

「だけど、その部屋って殆ど使わないんですよ。なのに、いつも床が濡れているんです。特に、インストラクターの立ち位置の辺りが、一番酷くて」

まるで雨後の水溜りのように、床が濡れていたという。

〈水漏れでもしているのかしら？〉と天井を見上げたが、問題はなさそうだった。


ある日の夕方。

バイトの終業時間が近くなり、浩子さんはCスタジオの清掃に向かった。

半透明の仕切り扉を開け、モップを床に降ろすと、〈あれっ？〉と思った。

すでに室内灯が点いており、男がひとり立っていた。

エアロビクスのウェアを着た男性だが、ジムでは見掛けない顔である。

「最初、インストラクターの人かなって思ったんです。立っている場所がインストラクターの立ち位置だったし、それっぽい雰囲気もあって」

だが、その日のCスタジオには、エアロビ教室の予定が入っていなかった。

それに、男性がエアロビクスの格好をしているのも、妙だと思った。

ここのジムのエアロビ教室には、女性のインストラクターしかいないはずだった。

不審に思い、彼女はその男性に声を掛けてみたという。

「あのぅ、すみません。インストラクターの方でしょうか?」

すると男性は、ゆっくりと彼女に視線を落とし――

『見えるのか?』と言った。

意味が理解できず、彼女は返答に窮してしまう。

すると男は『見えるのか?』と、もう一度だけ聞いて、浩子さんから視線を外した。

不快に感じ、彼女はさっさと掃除を済ませると、部屋から退出したという。

「でも、その後も何度か、Cスタジオであの男を見たんです。話し掛けたりはしませんでしたけど……何だか、ちょっと気持ちが悪くて」

気になった彼女は、事務のチーフに男のことを話してみた。

だが、チーフは「その人は気にしないで」と言うだけで、はっきり答えてくれない。

彼女の表情から、その話題にあまり触れたくない様子が、感じ取れたという。

腑に落ちないまま、事務所を出ると「先輩、どうしました？」と、呼び止められた。

後輩の、麻美さんだった。

彼女は近くの短大に通う女子大生で、年齢も浩子さんよりひとつ若い。

人懐こく、愛嬌のある可愛らしい女性である。

「ううん、何でもないの。少し、チーフに聞きたいことがあっただけ」

「ふーん……あれのことじゃないですよね？　Ｃスタジオの」

「えっ⁉　麻美ちゃん、あの人のことを知ってるの？」

図星を指された浩子さんは、驚きながら聞き返した。

すると彼女は「やっぱり！」と、声のトーンを上げる。

「アイツ、先輩にも見えるんですね！　でも、あんまり関わらないほうが良いですよ。

あれ、幽霊だから。私もこないだ話し掛けて、変なことになっちゃいましたし」

「えっ⁉　それってどうゆう……」

浩子さんが聞こうとした途端、麻美さんが急に廊下を走りだした。

「あっ、先輩、ごめんなさい！　私、この後に合コン入れてたの思い出しましたっ！

きっと今度、先輩も誘いますからっ！」

走り去っていく彼女の後ろ姿を、見送ることしかできなかった。


それから程なくして、麻美さんの姿を見なくなった。

チーフが言うには、携帯に掛けても連絡が取れないのだという。

彼女と仲の良かったバイトに聞くと、「あの娘、体を壊したみたい」と首を振る。

だが、それ以上のことは知らない様子だった。

それと、もうひとつ気になることがあった。

その頃から、あの不審な男の姿を見掛けなくなっていたのである。

「あの男を見なくて済むのは良いんだけど、麻美ちゃんがジムに来なくなったのと同じ時期だったのが、少し心配で」

もしかしたら、彼女は思っていたよりもずっと深く、あの男と関わっていたのかもしれないと、気掛かりに思っていたのである。


それから、半年ほど経った頃のこと。

休日、買い物に出ていた浩子さんは、繁華街で「先輩」と声を掛けられた。

振り向くと、見覚えのない老婆が微笑んでいる。

――すぐに、麻美さんだと気がついた。

だが、ふっくらと愛らしかった顔つきが皺《しわ》だらけに萎《しぼ》んでしまい、明るく染められていた茶髪は、真っ白に枯れてしまっていた。

薄手のブラウスに、緩くジャンパーを羽織っている姿も、どこか病的に感じられる。

「やっぱ、先輩だ。久しぶり～♪　変わってないですねっ！」

「麻美ちゃん、どうしてたの？　体調が悪いって、聞いていたけど……」

「あれぇ？　先輩、知らないんですか？　ワタシ、これから死んじゃうって」

あっけらかんと話す麻美さんの言葉に、胸が凍りついた。

二の句が継げず、浩子さんは彼女を見詰めることしかできない。

すると彼女の表情が、急に険しく歪み始めた。

「でも、先輩、ずるいですよね。先輩だって、アレ、見えていたのに。なんで、ワタシだけ。ホント、先輩はズルいですよ！　ズルいっ、先輩はズルいっ！　ワタシなんて……こんなになるまで、持ってかれちゃったのに」

興奮して叫ぶ彼女の襟元《えりもと》から、朽木のように痩せた薄い胸板が覗いた。

そこには、皮膚を捻《ねじ》ったような傷跡が、幾つも浮かんでいたという。

浩子さんは涙が溢れてしまい、言葉を掛けることもできない。

やがて、麻美さんは「……もういい」と呟くと、その場から去って行った。


「それから、麻美ちゃんには会っていないんです。私も、暫くしてあのバイトを辞めてしまって……あの後、彼女がどうなったのか、まったくわからなくて」

ただ、何年か後になって、浩子さんの携帯にメールが送られてきたことがあった。

送り主は不明だが、ひと言だけ「先輩はズルい」と書かれていたという。

返信したが、それっきりだった。

「きっと、あれが彼女の最後だったんでしょうね。いまでも、思い出すと悲しくて……で、考えてみたんです。なぜ、あの娘があんなに変わってしまったのかって」

もちろん定かではないが、思い当たることはある。

恐らく彼女は、あの不審な男の『見えるのか』という問い掛けに――

「はい」と、答えてしまったのではないか？

そう思えて仕方がないのだと、浩子さんは悔しそうに唇を噛んだ。

やっこ凧

マンションの十五階に住む北村さんが、ベランダで煙草を吸っていたときのことだ。

ふと、真向いのマンションを眺めると、何かが浮んでいるのが見えた。

白く、ひらひらとした板状のもので、風に吹かれて揺れている。

やっこ凧だ、と思った。

緩い十字型に切られたシルエットが、子供の頃に遊んだ凧に似ていたのである。

だが、何となく違和感も覚えた。

やっこ凧はゆらゆらと上下しながら、向かいのマンションのベランダに沿って揺動し続けている。

その動き方が、どうにも不自然に見えたのだ。

ビル風に煽られている割には、規則的な軌道を描き過ぎている。

マンションを一部屋ずつ覗いて回っているような、機械的な動きだった。

まさか、ドローン？

思わず手摺りに身を乗り出して、向かいのマンションに目を凝らした。

すると、やっこ凧が〈くるり〉と、こちらに振り向いた。

そいつは――両腕と、下半身の無い女だった。

まるで、頭だけを乗せたトルソーのような女が、宙に浮かんでこちらを睨んでいた。

〈げぇっ！〉と、無意識に悲鳴を上げた。

慌ててリビングに駆け込み、ぴたりとカーテンを閉めた。

「あなた、どうしたの？」と妻に聞かれたが、暫くなにも答えられなかった。

顎が震えて、言葉にならなかったのである。

その晩は、妻と娘の三人で、抱き合うようにひとつのベッドで寝た。


翌日から、北村さんはベランダで煙草を吸うのをやめた。

なるべくベランダには出ず、カーテンも開けないようにと、家族には言ってある。

「あの女が振り向いた瞬間、こっちにもやって来そうな素振りが見えたから」

暗い顔で、北村さんはそう言った。

フィリピンの鮫

先日、フィリピン旅行から帰ってきた恵子さんから、こんな話を聞いた。

「セブ島に滞在している間に、一日だけスキューバダイビングをやったの。現地の人と交渉して、プレジャーボートを雇ったわ」

宿泊したホテルでもインストラクターを頼めたが、敢えてそちらは使わなかった。なるべく、現地にお金を落としたかったからだと、恵子さんは言う。

その日は天候がよく、ダイビングをするには絶好の日和だった。

初心者向けのスポットではあったが、恵子さんは妹とふたりで、フィリピンの青い珊瑚礁を鑑賞して泳いだという。

「でも、私は途中で疲れちゃって、ボートで暫く休んでいたの。ただ、何もしないで寝ているのも退屈だから、かたことの英語でボートの船長とお話をしたのね」

彼は名前をマイケルといい、雇われて船長をしているのだという。

ただ、マイケルという欧米風の名前の割には、背が低く、頭の禿げ上がった、日本の中年サラリーマンを思わせる容姿である。
聞くと、「マイケル」という名前はニックネームで、本名は別にあるらしい。
なんでも、彼が住んでいる地域では、親族以外には本名を明かさないのだという。
「詳しくは教えてくれなかったけど、妖術とか、呪《まじな》いに使われるのが怖いんだって。
それで、興味深いから『ゴーストとか、見たことはない？』って聞いてみたの」
少し考え込んだマイケルは、『子供のとき、一度だけ』と、答えてくれた。
聞き取り辛い英語だったが、概ね、こんな話だったという。

マイケルが、まだ小さかった頃のこと。
村の子供たちと一緒に、浜辺の波打ち際で遊んでいたという。
すると、沖のほうから自分を呼ぶ声が聞こえた。
それも、「マイケル」ではなく、本当の名前で呼ばれているようだった。
そのとき彼は、〈あっ、行かなくちゃ〉と思った。
理由はわからないが、自分を呼ぶ声に従わなければいけない気がしたのである。
見ると、年長の友達がひとり、沖へと向かっていく。
〈置いてかれる〉と焦ったマイケルは、友達の後を追って浅瀬を歩いた。

彼を呼ぶ声は、絶え間なく聞こえていた。
そのまま、浅瀬を歩いて沖へ向かうと、ふいに砂底が無くなった。
いきなり足場を失ってしまった彼は、為す術もなく水中に没してしまう。
そこの海岸は遠浅で、ある程度沖へ行くと、急激に砂底が窪んでいたのである。
しかし、マイケルは元々泳ぎが達者で、溺れることはない。
ただ、体勢を立て直そうと足掻いたせいで、友達との距離が大きく離れてしまった。
先を進む友達に〈待ってくれ〉と、声を掛けようとして――
嫌なものを、見た。
友達の向こう側、太陽が反射する白い波間に、大きなヒレが突き出ていた。
青く、鋭角的なその背ビレは――鮫《さめ》にしか見えなかった。
それも一匹や、二匹ではない。
見る限り、十数匹の鮫が、友達めがけて近寄っていく。
だが、先を行く友達に、怯む様子がなかった。
「おーいっ！　逃げろ、鮫だぞっ！」
大声を上げたが、友達は振り返りもしない。
――ダメだっ、襲われるっ！

そう思った刹那、鮫の背中から二本の腕が上がった。
太く、黒々とした人間の腕だった。
そして、その腕が振り下ろされるのと同時に、友達の頭が水面に沈んだ。
〈えっ?〉
唖然とするマイケルの眼前で、腕の生えた鮫が次々と友達に群がっていく。
暴れる友達に覆い被さる瞬間、鮫は両腕を高く振り上げた。
まるで大空に向かって祈りを捧げるような、奇妙な動きだったという。
やがて友達の姿が、水面から完全に見えなくなり――
鮫の背ビレだけが、波間に残った。
〈次は……自分だ〉
恐怖と危機感が、冷たく全身を包み込む。
無我夢中で、浜辺に向かって泳いだ。
ただひたすら沖から遠ざかろうと、必死に海水を掻き続ける。
すると、いつの間にか、脛が砂底に当たっていることに気がついた。
鮫の背ビレも、海面から消え失せていたという。
その後、マイケルは両親を呼びに行ったが、結局、年長の友達は見つからなかった。

警察が捜索したが、遺体も発見されなかったという。

「でね、聞いたら、マイケルが育った漁村って、ときどき子供が行方不明になったんだって。マイケルも両親から『お前は、運が良かった』って、喜ばれたらしいわ」

その後、彼は両親から、あの鮫は海に住む精霊なのだと聞かされた。

『きっとどこかで、お前の本当の名前を知ったのだろう』

そう言うと、両親はその精霊の名前を、そっと教えてくれたのだという。

「そうすると、お互いに名前を知ったことになるから、もう襲われなくなるんだって。それで、面白いから『私にも、その名前を教えてよ』って頼んだのよ」

するとマイケルは、嫌な顔をした。

「それを聞けば、向こうもお前の名前を知ることになるぞ。それでも知りたいか？」

そう言って、それっきり口を噤《つぐ》んでしまった。

何となく白けてしまい、恵子さんはそれ以上、マイケルに話しかけるのを止めた。

河妻子

友人の戸田さんから、こんな話を聞いた。

彼は現在、介護関係の仕事に就いており、日頃から帰宅は遅い。
その日も終電で最寄駅に着いたときには、すでに零時を回っていたという。
閑散とした駅舎を出て、ひとりで自宅のあるマンションへと向かった。
途中、町中《まちなか》を流れる河川があり、橋を渡るとせせらぎが聞こえてくる。
さほど広い河でもないが、歩道から階段を下った河辺には遊歩道が設えてある。
幼い息子が喜ぶので、休日にはそこの遊歩道で散歩をするのだという。
だが、いまは夜の帳《とばり》に閉ざされ、河面を窺うことはできない。
疎《まば》らな外灯の薄明かりの中、橋を歩いていると——声が聞こえた。
「パパ！」と叫ぶ、子供の声だった。
どきりとして、思わず足が止まる。
慌てて欄干《らんかん》を覗き込むと「パパ、助けてっ」と、再び助けを求める声が聞こえた。

まさかと思いつつ、「○○ちゃんかっ?」と、息子の名前を叫んだ。
すると、今度は女性の声で「あなたっ、助けてっ!」と悲痛な声が届いた。
妻の声だと思った。
だが、幾ら欄干を覗いても、暗くて何も見えない。
脳裏に、河の中州に取り残された妻子の姿が浮かんだ。
「いま行くから、待っていろっ!」
橋の袂へ向かって走り、河辺に下りる階段を下り掛けて——
〈ちょっと、待てよ〉と、思った。
自分の妻子が、なぜこんな時間に河にいるのか、理由が思いつかなかった。
橋の下の暗闇からは、いまだに「パパ、パパ」と叫ぶ声が続いている。
だが、よく聞いてみると、やはりどこかがおかしい。
似てはいるものの、妻や子の声とは違う感じがする。
——嫌な予感がして、再び全力で〈今度は自宅に向かって〉駆け出した。
歩道を走り、マンションの階段を駆け上がって、部屋の呼び鈴を連打した。
「あんた、どうしたの?」と驚く妻を除けて、息子の寝室を覗いた。
果たして息子は、健やかに眠っていたという。

「当たり前だけど、『夜中に、河なんか行かない』って妻は言ってたよ。でも、あの声が聞こえたときには、なぜか自分の妻と息子に違いないって、思い込んでいたんだ」

翌日、念のため調べてみたが、河川で事故が起こったという話は聞かなかった。

その後も毎晩、橋を渡っているが、いまのところ何も起こっていない。

「でも、やっぱり気味悪いんだよね。だって、あの橋の下には……家族の声真似をして、おびき寄せようとする奴が、いるってことだから」

それ以来、あまり河辺には息子を近づけないようにしている。

別の町への引っ越しも、考えているそうだ。

魔法陣

友人から、カルロという名前の留学生を紹介された。

母国はフランスだが、気取ったところが無く、温和で親しみ易い性格の若者である。

流調に日本語を話し、日本の現代文化にも造詣《ぞうけい》が深いのだという。

聞くと、パリやリヨンのような有名な大都市の出身ではなく、地中海沿岸にある、小さな田舎町の生まれらしい。

「高校生になるまで、その町にいました。海岸と、古い建物しかない町だったけど……歴史がある土地で、僕は好きでしたね」

そんな彼が、母国にいた頃の話をしてくれた。


中学校に上がった頃のこと。

ある日、学校からの帰宅途中に、数人の仲間と海岸沿いの砂浜で遊んだ。

フリスビーを投げたり、サッカーボールを蹴り合ったりと、どこの国でも中学生男子のやることに大した違いはない。

徐々に暮れゆく砂浜で、夢中になって遊び続けた。

すると、ひとりの友達が「ちょっと、こっちに来てみろよ！」と、手招きをする。

言われるままに集まると、大きな海亀が一匹、砂地の上に死んでいた。

死骸が流れ着いたのか、それとも砂浜で死んだのかはわからない。

すでに腐敗が始まっているらしく、白濁した眼球には蠅が集《たか》っている。

最初、珍しいもの見たさに近づいたが、やがて仲間たちは方々に散り始めた。

周囲に漂う悪臭に辟易し、いつまでも傍にいられなくなったのである。

だがひとり、友人のジョルジュだけは、いつまでも海亀から離れようとしなかった。

「おい、続きをやろうよ」とカルロが誘っても、戻ってくる気配はない。

見ていると、ジョルジュは近くにあった棒きれで地面をなぞり始め、次いでカバンの中から何かを取り出した。

「……アイツ、また馬鹿なことやってるな」

遠目に友人を眺めていたカルロは、思わず舌打ちをした。

彼は海亀の死骸を中心に円陣を描き、その周りに蝋燭《ろうそく》を灯したのである。

「魔法陣ですね。まぁ、マニア向けの解説書の真似でしょうけど。アイツ、オカルトオタクでしたから……ああいうの、やってみたくなったんでしょうね」

準備が終わったのか、彼は魔法陣に向かって、何やら呪文を唱え始めた。
それが本物の呪文なのかどうかは、わからない。
ただ、夕暮れの砂浜で蝋燭に浮かぶ魔法陣は、拙《つたな》いながらも鬼気迫るものがあった。
時折、浜からの潮風に炎が揺らめき、より一層オカルテックな神秘さが増した。
だが――結局、何も起こらなかった。
暫くすると「おーい、そろそろ帰ろうぜ」と、友達の呼ぶ声が聞こえる。
ジョルジュも呪《まじな》いを諦めたのか、とぼとぼと砂浜を上り始め――
いきなり、姿を消した。
見ると、ジョルジュの下半身が砂に埋まっていた。
どうやら、誰かが悪戯で掘った落とし穴に、填《はま》ってしまったようだ。
「ひっ……た、助けてっ、助けてくれーっ！」
ひとりでは抜けられないらしく、彼は半狂乱で助けを求めている。
「お前は、いつも大袈裟だんだよ」
そう声を掛けながら、カルロは手を差し伸べたという。
他の仲間たちも、心配して手伝ってくれた。
しかし、ジョルジュの体が重過ぎるのか、中々引き上げられない。

息を合わせ、数人掛かりで引っ張るのだが、どういう訳かビクともしなかった。
「早く、早く出してっ！　お願い、引っ張って！」
次第に、ジョルジュの泣き声が大きくなっていく。
業を煮やしたカルロは、砂地に腕を突っ込んで、彼のベルトを強引に掴んだ。
そして、両足を踏ん張ると、無理矢理に引き抜いたのだという。
その瞬間、砂地にぽっかりと大穴が開いた。
——穴の中から、無数の腕が伸びていたという。
砂塗れの、青黒く太い腕だった。
それらは地の底から〈わらわら〉と、ジョルジュに追い縋《すが》っていた。
〈こいつら、ジョルジュを連れていく気じゃ——〉
そう思った瞬間、カルロはジョルジュを抱えたまま、全力で逃げた。
他の仲間たちも、悲鳴を上げながら背後へと飛び退いていた。
やがて、ゆっくりと後ろを振り返ると、落とし穴は綺麗に消えていたという。
亀の死骸も見当たらず、何もない砂浜を夕闇が覆い尽すばかりだった。
「あれって、地獄の蓋を開けたってことじゃないですか？　もし、あのまま放っておいたら、ジョルジュは危なかったかもしれませんね。でも、オタクってすごいですよね。見様見まねで、本物の魔法陣を作ってしまうんですから」

そう言うとカルロは、「では、次の予定がありますので」と、席を立とうとした。聞くと、これから地下アイドルグループのライブに行くらしい。

なんでも彼は、以前から日本の地下アイドルが好きで、それが嵩じて日本語を話せるようになったのだという。

〈本当に、オタクってすげぇな〉と言いそうになったが、黙っておいた。

Gふらっと

高山さんが、駅で電車を待っていたときのことである。
何もない、平日の昼下がり。
プラットホームに立つ人影も疎《まば》らで、どことなくのんびりとしている。
もう五分もすれば電車が着くだろうと、腕時計から視線を外した。
すると、視界の隅に、灰色のコンクリートを動くものがある。
カサコソと床の上を這い廻る、黒い生き物――ゴキブリだった。
だが、そいつは異様にサイズが大きい。
カブトムシか、もしかしたらそれよりも大きいのかもしれない。
それが、高山さんに向かって直進してくるのだ。
しかし、それくらいで狼狽《うろた》える高山さんではなかった。
多少、大きく育っていようが、ゴキブリはゴキブリである。
自分の足元まで来たら、踏みつけてやれば良いだけだと思った。
ところがゴキブリは、高山さんのひとつ手前の、待機線で止まってしまう。

そして、線路側に触角を向けると、ひょいと二本の脚で立ち上がった。
そのままトコトコと進み、ホームの端に立っている男性に近づいていく。
「おい、アンタッ！」
高山さんが、声を掛けようとすると——
ゴキブリは男性のズボンの裾に、スルスルと入り込んでしまった。
だが、男性はまったく気づかない様子である。
すると今度はホームの下から、別のゴキブリが数匹、這い寄ってきた。
やはりそれらも、男性のズボン裾へと吸い込まれていく。
あれよあれよという間に、十数匹のゴキブリが後に続いたという。
〈……どうなってんだ、これは？〉
呆気に取られて、その光景に魅入っていると——男性が、ふらっと揺れた。
そして、へなへなとその場に倒れ込んでしまった。
高山さんが急いで駆け寄ると、男性は口から泡を吹いていたという。
「おーいっ、駅員っ！　こっちに来てくれっ！」
ホームにいた駅員に声を掛け、救急隊を呼ぶように頼んだ。
その間、男性の裾を弄《いじ》ってみたが、何かが潜んでいるようには思えなかった。

暫くすると救急隊が到着し、男性をストレッチャーに積んだ。

そのとき高山さんは、男性の裾から〈ザザァー〉と、無数の黒い影が逃げ出していくのを見たという。

しかし、それに気がついた者は、他にいないようだった。

やがて、裾から逃げ出したうちの一匹が、じりじりと高山さんににじり寄ってきた。

〈ドンッ！〉と、思い切り踏みつけてやった。

――が、足を上げてみると、床には何の跡形も残されていなかったという。

それ以降、駅のホームでゴキブリを見掛けたことはない。

コモドドラゴン

馴染みの居酒屋で、刈谷さんという男性を紹介して貰った。

聞くと彼は、テレビ番組の制作会社で、カメラマンをやっているのだという。

キャリアが長く、これまで数え切れないほどの番組制作に携わってきたそうだ。

「海外にも随分行ったよ。ジャンルが違うから紛争地帯はなかったけど、結構危ない撮影も多かったなぁ……そう言えば一度、こんなことがあったんだ」

そう言って、刈谷さんは自身の体験を話してくれた。


いまから二十数年前のことである。

動物ドキュメンタリーの撮影で、インドネシアのコモド島を訪れた。

世界最大のトカゲと呼ばれる、コモドオオトカゲを撮影するためである。

「それがね、当初の企画では野生の大トカゲを撮影するって話だったんだけど、現地に行ったら、案外飼育されている個体が多かったんだ。もちろん、保護対象の動物なのはわかっていたけど……下調べでは、情報が少なくてね」

現地で打ち合わせた結果、〈無理に野生の大トカゲを撮影するより、良い映像が撮れるのではないか〉という結論になった。

そのため、予定していたよりも短い期間で、撮影が終了したという。

「だけど、余った時間で遊んでいるのも勿体なくてね。なにか他に撮れるものはないかと、現地で雇ったスタッフに聞いてみたんだよ。そしたらさ」

——ごくたまに、海岸で変わったトカゲを見るよ。

笑いながら、現地のスタッフが答えてくれた。

刈谷さんは興味を引かれたが、他のクルーは〈トカゲはもういい〉と否定的だった。

ビデオテープの予備にも限りがあり、余計な撮影を嫌がるクルーもいたのである。

結局、残りの滞在日数、撮影はせずに暇を持て余すことになった。


帰国前日の早朝、刈谷さんは現地の海岸を歩いた。

仕事とは関係のない、日課の散歩である。

ただ、現地のガイドから、「大トカゲを見たら近寄るな」と言われていた。

大きいものでは体長三メートルを超え、牙に猛毒を持つ肉食のトカゲである。

頼まれても、近づきたくはない。

もっとも、散策した海岸は立ち入り禁止区域から外れており、大トカゲは滅多に姿を見せないという。

それでも足元に注意しながら、慎重に岩場を進んだ。

すると、何気なく視線を向けた海原に、揺れて動くものがある。

体をくねらせて海面を泳ぐそれは、大きなコモドオオトカゲに見えた。

どうやら、こちらに近づいているらしい。

嫌な予感がして、足を止めた。

すると、いきなり大トカゲが波頭を乗り越え、岩場に這い上がってきたという。

——そいつの頭には、黒々とした長い髪が生えていた。

顔は人間の女性そのもので、爬虫類には見えない。

だが、首から下はトカゲに近く、胸板も紙やすりのような皮膚に覆われている。

興味があるのか、黒目しかない瞳がじろりと刈谷さんを見詰めた。

距離は十メートルほどしか離れておらず、〈襲われる〉と覚悟した。

頭の奥がじんと痺れ、足が竦《すく》んで逃げ出すこともできない。

暫く、互いに睨み合い——

飽きたように〈ぷいっ〉とそっぽを向き、そいつは海中に潜ってしまった。

「クルーには、あの生き物のことを教えなかったよ。正直、二度と姿を見たくなくってね。でも、もし撮れていたら『衝撃映像』くらいには、なったんじゃないかな」

刈谷さんは帰国の直前、世話になった現地スタッフに、「アンタが言っていたトカゲって、実は人魚なんじゃないの?」と、聞いてみた。

すると現地スタッフは「そんな生き物、見たことはない」と、呆れ顔をしたという。

それ以上は、聞き出すことができなかった。

「だからさ、俺は一体何を見たのか、いまだによくわからないんだよ……ああいうのって、人魚って言っていいのかな?」

その後、コモド島には行っていない。

土下座

数年前、岡本さんが父親を乗せて、車を運転していたときのこと。
海岸沿いの広い車道で、すれ違う対向車も疎らである。
父親と他愛ない会話を交わしながら、夕方の道路を飛ばしていたという。
すると——ヘッドライトの明かりの中に、何かが映った。
ちょこんと正座した、和服姿の老婆のように見えた。
だが、そこは車道の真ん中である。
……えっ？
一瞬思考が停止し、反応が遅くなる。
それでも慌てて目一杯にブレーキを踏み、ハンドルを対向車線側に切った。
が、間に合わなかった。
岡本さんの抵抗も虚しく、老婆は車体の下へと吸い込まれていく。
その瞬間、老婆が地面に両手をつき、深々と頭を下げたように見えたという。
しかし、なぜか車体に衝撃がなかった。

何かを引きずる振動もなく、乗り上げた感触もない。
だが、こんなことはあり得ない。
人を轢いたという感覚が、まったく感じられなかったのである。
第一、道路の真ん中に老婆が座っていたこと自体、おかしい。
あれは見間違いではなかったかと、記憶を巡らせると——
あのババァ、どこ行きやがった？　車道で土下座なんかしやがって！
父親が、真っ先に車外へ飛び出していったという。
その後、道路や車体の下を隈なく探したが、結局何も見つからなかった。

腹の虫ペダル

「あいつら〈幽霊〉だきゃあ、ほんと、わからねえんだよ。一体なにがしたくて、化けて出てきやがるのか」

森田さんは、いわゆる「見える人」である。

それも、〈嫌な気配〉を感じたり、〈朧《おぼろ》げな人影〉を見たりといった程度の話ではなく、かなりがっつりと幽霊が見えてしまうのだという。

そのため、生きている人間との区別がつかなくなることも、多いらしい。

「こっちもさ、端からそうだとわかっていりゃあ、心構えができるってもんだけど……そうは上手く、出来てないんだわ」

興奮気味に語る森田さんから、こんな体験談を聞かせて貰った。

森田さんは、通勤に自転車を使っている。

なんでも、勤め先に駐車場がなく、またガス代も出ないので、仕方なくママチャリを漕いでいるのだという。

ちなみに勤め先は、自宅から自転車で四十分ほど離れているらしい。

つい、最近のこと。

たまたま残業で遅くなった森田さんは、夜の十一時過ぎに会社を出ることになった。

どこかに寄っていく気力もなく、ただ真っ直ぐに帰宅するだけである。

途中、町外れにある電車の踏切を越えると、民家の疎らな田舎道に出る。

そこを暫く走ると、再び閑静な住宅街へと入っていく。

そのとき――ふと、背後が気になった。

〈キィ、キィ〉という軋んだ金属音が、少し大きめに聞こえたのである。

「元々さ、踏切を越えた辺りから、聞こえてはいたんだよ。だけど、音が小さかったから、気にしていなかったんだわ」

だが、その音は徐々に近づいてくる。

自転車だな――と思った。

一定の間隔で聞こえる金属音が、たまに森田さんのペダルと重なるのである。

やがて、その音は益々近づき、真後ろで〈ギィ〉と鳴った。

〈道は広いんだ。さっさと追い抜きゃいいだろう!〉

少しイラついて、右肩越しに後ろを振り返った。

――が、何も見えなかった。

すぐ近くに自転車がいるものと予想していたが、違っていたのである。

「ちょいとばかし、ぎょっとしてね。俺はてっきり、煽《あお》られているのかと思ったから」

だが、〈キィ、キィ〉と、ペダルを踏む音は止んでいない。

やはり、自分の真後ろに自転車の気配を感じる。

「また幽霊かと、うんざりしてね。ただ、俺はさ、あまり音だけの幽霊ってのは体験がなくて、大抵は幽霊の姿そのものが見えるんだけど」

嫌な予感がして、車道を斜めに横切った。

後ろの音から遠ざかろうと、右側の歩道に移ったのである。

そのとき、左肩越しに背後を窺うと――人が、いた。

一メートルほどの間隔で、自転車に乗った男が真後ろについてきている。

流線型のヘルメットに、ぴっちりとしたサイクルウェアを着た男性である。

自転車も、レースに使われるようなロードバイクだった。

〈やっぱり、人がいたのか？〉

そう思ったが、違和感を覚えた。

男が自転車に乗る姿が、どことなく不自然に見えるのだ。

「でも、わからねえんだ……幽霊かどうかなんて。最近、頭のおかしい奴も多いしさ。もしかしたら、変な奴がついて来ているだけかも知れないし」

どちらにしても面倒は避けたいと思い、彼は強くペダルを漕いだ。

そうやって後続の自転車を引き離すと、いきなり右手の路地へとハンドルを切る。

そして、すぐさまUターンをし、いままで走っていた道路に前輪を向けた。

路地に隠れて、後ろのロードバイクが通り過ぎるのを、待つことにしたのである。

「なんとなく、あのまま走ったら、家について来られる気がしてね。それは嫌だからさ、アイツが通り過ぎるまで、待とうと思ったんだよ」

だが、幾ら待っても、ロードバイクが通らない。

いつの間にか、ペダルを漕ぐ音も止んでいた。

〈あれっ？　そんなハズは……？〉

道路を覗き込もうとすると、背後で〈キィ〉と音が聞えた。

ゆっくりと振り返ると、ロードバイクの男が立っていた。

――体が、半分しかなかった。

正中線で切り分けたように、体が縦半分に裂けていたのである。

「うわぁぁぁっ！」と、森田さんはその場で腰を抜かした。

男の右半身は完全に失われており、人体の断面が晒されていたという。まるで、保健室の人体模型が自転車に乗っているような姿だった。

――半分しかない口が、〈にぃ〉と笑った。

そして、ゆっくりと走り去って行ったという。

「どおりで右肩越しじゃ、見えないはずだよ……左半身しか無かったんだから。でも、ホント腹立つんだよ、アイツら。どう考えたって、脅かしに来てやがるんだ」

腹の虫が収まらない様子で、森田さんは鼻を「フンッ」と鳴らした。

石礫

加納さんが土木関係のコンサルティングを始めて、数年経った頃の話である。

あるとき、とある地方の県庁から現地調査の依頼があった。

なんでも、県が管轄する山岳地域で、小規模な地滑りが発生したらしい。

このような場合、どんな僻地《へきち》であっても、県や省庁は情報収集を疎《おろそ》かにはしない。

災害現場の状況を把握しておくことは、防災対策や警戒避難体制の構築において、非常に重要な意味を持つのである。

「どんな山奥でも、地滑りで川が堰《せ》き止められたりすると厄介でね。下流で洪水が起こる可能性もあるから。で、うちの会社の社員と監督官、それに自衛官が三人いたから……全部で、十人くらいかな。調査に参加してくれたんだ」

山麓を出発して現地へ辿り着くのに、一晩を山小屋で過ごすこととなった。

翌朝は、早くから調査に取り掛った。

地滑りの調査では、主に地表の滑動方向を確認し、移動量の計測を実施する。

参加した調査員は習熟した者ばかりで、調査は滞りなく進んだ。

だが、暫くすると部下のひとりが「社長、あれ……」と、崖の上を指さした。

〈この、馬鹿が……〉と、加納さんは心の中で舌打ちをしたという。

「俺だって、とっくに気づいていたんだよ……崖の上に、女の子が立っているなんてことはさ。でも、ありゃあ絶対に幽霊だから、敢えて触れないようにしていたのに」

女の子は花柄の小袖を纏《まと》っており、どう見てもいまの時代の格好ではない。

第一、この現場は、山小屋で一泊しなければ辿り着けない山奥である。

あんな小さな女の子が、いるはずがない。

「だからさ、部下を呼んで叱ったんだよ。『お前、こんな場所に子供がいる訳ないだろ。それぐらい察しろよ』って。それで、仕事に戻したんだけどさ」

目の前で〈ひゅんっ！〉と、風を切る音がした。

転瞬、地面が〈バチッ〉と爆ぜる。

——石だった。

頭上から、次々と石礫《いしつぶて》が飛んでくるのである。

見ると、崖の上であの女の子が小石を投げていた。

「おい、やめろっ！　危ないだろっ！」

自衛官が、真っ先に怒鳴った。

だが、石礫は止まない。

「駄目だ、これじゃあ、仕事にならない。ひとまず、あの子を保護しよう」

加納さんは調査員たちを集めると、そう提案をした。

このままでは誰かが怪我をしかねず、測量どころの話ではない。

一旦作業を止め、全員で崖の傾斜を登ることにした。

「正直、よくわからなくってね。もし、あの子が幽霊だとすると、石礫を投げてくるなんて変だし……でも、あの格好は、どう見ても幽霊なんだよ」

とにかく、近くまで行けばわかることだと、加納さんたちは崖を登った。

しかし、崖の上に辿り着いてみると、女の子の姿がない。

「やっぱり、そうだよな」と、加納さんが呟くのと同時に――

ぐらぐらと、地面が揺れた。

唸るような地響きに混じって、〈メキメキ〉と生木が裂ける音も聞こえる。

必死の思いで崖下を覗き込むと、濛々と土煙が舞っていた。

先ほどまで作業をしていた測量地が、地滑りで全部埋まっていたのである。

危うく全滅するところだったと、加納さんはゾッとした。

「あの子に、命を救われたみたいでね。同行した他の連中は『あの子は、山の神様だったんじゃないか？』なんて、言っていたけどさ」

数年後、現場の近くに砂防ダムが建設された。

土砂災害を防止する目的のダムだが、なぜかその傍らに供養塔が建立されたという。

聞くと、現地調査に同行した誰かが、女の子のことを調査報告書に書いたらしい。

それを読んだ上役が、供養塔の予算を計上してくれたのである。

「役所にも、粋なことをする奴がいるって感心したよ。まぁ、山の仕事をする人間は、とにかくゲンを担ぐからさ。気を使ってくれたんだろうなぁ」

いまでもその供養塔は、滅多に人の立ち入らぬ山奥に、ひっそりと佇んでいる。

宇宙猿人

「俺が子供の頃、『スペクトルマン』っていう特撮番組がやっていたんだ。あまりメジャーなヒーローじゃなかったけど、俺は好きだったなぁ」

以前、とある地方の田舎町に住んでいた藤田さんが「四十年以上、前の話だよ」と前置きして、教えてくれた話である。

小三の夏休み。
祖母に連れられて、都内にある親戚の家へ遊びに行った。
そこには歳の近い従弟の男の子がいて、数日間、仲良く遊んだという。
ある日の晩、近くの神社で夏祭りがあった。
「折角だから、行ってみるか」
親戚の叔父が、ふたりを夏祭りに連れて行ってくれたという。
大きな祭りではなかったが、境内には数軒の夜店が並んでいる。
そこで藤田さんは、従弟とお揃いでスペクトルマンのお面を買って貰った。

「当時のことだから、パチモンのセルロイドだと思うけど、子供心に嬉しくってね。従弟と『帰って、スペクトルマンごっこをやろう』って、約束をしたんだ」

だが祭りから帰る途中、夜道で従弟が転んで、お面を割ってしまった。

さぞ無念だったのだろう、従弟の泣き叫ぶ声が周囲に響き渡った。

仕方なく藤田さんは、「俺のと、交換しようよ」と、自分のお面を渡してやった。

割れたお面を抱えて泣く従弟が、あまりにも可哀想に見えたのである。

「俺のほうが一学年上だったからさ。従弟が、すごく喜んでいたのを覚えているよ」

帰った藤田さんは、約束した通りにヒーローごっこをして遊んだという。

その晩、寝ていると不思議な夢を見た。

枕元に、知らない人が立ったのである。

その人は、きらきらとした後光を背負い、自らも金色に輝いていたという。

〈この人、誰だろう?〉と思ったが、不思議と怖さは感じなかった。

やがて金色の人は、ゆっくり藤田さんへと顔を向けた。

「——お前は今日、とても良い行いをしたな。中々、孺子《じゅし》の出来ることではないぞ。褒美を授けるので、有り難く受け取るがよい」

そう言うと、金色の人は光の中に消えた。

朝、目を覚ますと、奇妙なものを見つけた。

金色に塗られた木彫りのお面が、なぜか枕元に置いてあったのである。

〈これって……スペクトルマンかな？　でも、ちょっと違うみたいな……〉

叔父に聞いてみたが、そんなものは見たことがないと言う。

祖母に見せると、「これ、前に見た覚えがあるけど……どこで見たのかしら？」と、首を傾げるばかりだった。

結局、お面の出所はわからなかったが、藤田さんは家に持ち帰ることにした。

「いま思うと、あれって結構、高価だったんじゃないかな。木製だったし、裏側には漆《うるし》が塗ってあったよ。でも、木彫りのお面じゃ、遊び難くてね……」

あまりそのお面を使って、遊ぶことは無かったらしい。


それから、十年ほど経った頃。

都内の大学に通っていた藤田さんは、夏季休暇に帰省をしたという。

久しぶりに実家でゆっくり寛いだが、三日もすると飽きてきた。

暇を持て余した彼は、ある日、友達と連れ立って地元の夏祭りを見物しに行った。

子供の頃に一度きり、行った覚えのあるお祭りだった。

「俺、意外と地元の祭りには参加してなかったんだよ。恐らく、うちの氏神様に当たるんだろうけど、田舎だから神社が遠かったしね」

鳥居を潜った長い階段を上ると、境内は思っていたよりも活気があった。

出店が幾つか軒を連ねて、それなりに賑わっている。

見ると、拝殿の前には厚い人だかりもできていた。

友人に聞くと、この神社では毎年、舞台上で能狂言の奉納を行うのだという。

――その舞台を見て、驚いた。

主役の役者が付けている能面が、以前、枕元で見つけたお面と同じだった。

鋭角的に彫られた、金色に輝く能面で――

つまり、スペクトルマンにそっくりだったのである。

「でも、もっと驚いたのがさ、その能って、『金色の氏神様が、金髪の悪い大猿を退治する』ってストーリーだったんだよ。でき過ぎていてさ、笑っちゃうだろ?」

家に帰って探してみたが、あのときのお面は見つからなかったという。


念のため書いておくが、宇宙から来た猿という設定ではなかったらしい。

わらしべ

「最初はさ、シティだったんだよ。ホンダの」

煙草を燻らせながら、友人の上谷が語り始めた。

いまから二十五年前、まだ彼が大学生だった頃の体験だという。

「俺さ、学生の頃に三菱のランサーに乗っていてね。自動車部の連中とつるんじゃ、峠道を走っていたんだよ」

上谷の通っていた大学は、とある地方の山間部にあった。

通学には大変不便な場所で、バス以外の公共交通は通っていない。

そのため一年生の大半が、夏休みまでに運転免許を取得していたらしい。

「でもね、一番仲の良かった井上って友達が、中々免許を取ろうとしなかったんだよ。アイツ、実家が大学に近いから、必要ないって言い張ってさ」

しかし、井上さんを遊びに誘うとき、いちいち車で運ばなければならなかった。

それが面倒で、上谷は「早く、車を買いなよ」と、井上さんに勧めていたという。

大学二年の、初夏のこと。

講義の後、「俺も、車を買ったよ」と、井上さんが声を掛けてきた。

聞くと、短期合宿で免許を取得したのだという。

早速、見せて貰いに駐車場へ行くと、井上さんは一台の小型車の前で立ち止まった。

当時、ホンダが発売していた、シティという車名のコンパクトカーだった。

なんでも、父親に頼み込んで三十万ほど借り、やっとの思いで購入したのだという。

当然、中古車である。

「あの頃、ホンダのシティって言ったら、すごい人気車でね。ただ、中古だけあって、メーター見ると結構回っていたよ。まぁ、それでも良い車には違いないから、『じゃあ、今度一緒にドライブ行こうぜ』なんて、約束したんだよ」

だが、大学の前期試験が近く、あまり遊んでいる余裕はなかった。

そんな折、上谷は運転中の井上さんを、たまたま路上で見掛けたという。

だが、乗っている車が違った。

井上さんが、なぜか赤のプレリュードを運転していたのである。

〈シティは？〉と不思議に思ったが、さして気にも留めなかったという。

やがて試験が終わり、大学は夏休みに入った。

しかし、上谷はバイトが忙しく、あまり車を乗り回す暇がなかったという。

「でも、お盆を過ぎた頃、自動車部の先輩から『今週末の深夜、峠でドライビングの練習やっから、お前も来い』って言われたんだ。まぁ、たまには良いかって思ってさ」

そのとき、電話で井上さんのことも誘った。

友達が多いほうが楽しいだろうと、それだけの理由だった。

だが、待ち合わせに来た井上さんを見て、愕然とした。

彼の乗ってきた車が、黒のディアマンテだったからである。

「思わず、『なんでだよっ!』って叫んじゃったよ。だって、この前にシティを買ったばかりの奴が、いきなり上級車だからさ。それも、殆ど真っ新な車なんだよ」

どうにも納得できない上谷は、彼がディアマンテに乗っている理由を問い詰めた。

すると、「この車で、三台目なんだよ」と、井上さんが答える。

なんでも、先月乗っていたシティとプレリュードは、二台とも自損事故を起こして大破してしまい、廃車にしたというのである。

「聞いたら、最初のシティは買ってから一週間、二台目のプレリュードは四日乗って事故ったんだって。ただ、あいつは『運転ミスじゃない』って、言い張るんだ」

警察が調査した結果、ブレーキ系統に致命的な整備不良が、見つかったのだという。

そのため、事情を知った中古車屋から、〈口止め〉の示談があったらしい。

結果、シティはプレリュードへ、プレリュードはディアマンテへと、事故が起こるたびにグレードアップしたのだと、井上さんは言うのである。

「正直、そんなことあるのかって疑ったけど、三台とも同じ中古車屋で買ったらしくてね。自動車保険も足したって言うから、なんとなく納得したんだ」


その後、ふたりは自動車部と合流し、さらに山奥の峠道へと車を進めた。

すると、車列を先導していた自動車部の部長が、急に山道の途中で停車をした。

「じゃあ、この辺でサイドターンの練習やるぞ」

部長が、部員たちに声を張り上げた。

サイドターンとは、ハンドブレーキで後輪をロックし、ドリフト状態でターンするドライビングテクニックのひとつである。

部長が言うには、ここのカーブは路側帯が広く、具合が良いとのことだった。

最初に部長がサイドターンを実演し、その後、他の部員たちが続いた。

「で、俺の順番が来たんだけど、結構ビビってたよ。なんたって、カーブの向こう側は断崖絶壁で、下手すりゃ死んじまうからさ」

それでも上谷は、なんとかカーブを抜け、少し先の路肩に車を停めた。

下車して後続を見ると、ちょうど井上さんの車がカーブに入るところだった。

が、その瞬間に〈マズい〉と思った。

車の後部が不自然に揺れ、急激に車体が回転し始めたのである。

そのまま井上さんの車は、カーブに突入して――

まるで飛び石が川面を跳ねるように、車がガードレールを飛び越えてしまった。

その場にいた全員が、顔面蒼白となった。

〈えっ、いま井上の車が崖に落ちた……?〉

慌ててガードレールを覗きに行ったが、何も見えない。

外灯のない漆黒の空間が、虚しく谷底へ続いているだけだった。

「なんか、現実感がなくってね。あまりにも簡単に落ちてったもんだから……正直、自分の目が信じられなくて」

だが、やがて事態の深刻さを理解すると、歯の根が合わぬほど怖くなった。

「下で警察呼んで来るから、ここにいてくれ」

そう言って、自動車部の部長が山道を引き返していく。

上谷はひたすら崖下に向かって、井上さんの名前を叫んだという。

〈俺が誘わなければ……〉と、後悔しか浮かばなかった。

他の部員たちも懸命に懐中電灯を使って、谷底を照らそうとした。

しかし、時間が無駄に過ぎていくだけだった。

「おい、上谷。俺、ここに居るんだけど？」と、後ろから声がした。

〈……えっ？〉

振り向くと、照れ笑いを浮かべた井上さんが立っている。

そこにいた全員が、驚きと——歓喜の声を上げた。

「死んだとばかり思っていたから、嬉しいやら、驚くやらでさ……で、ホッとして『お前、何落ちてんだよー』って、皆で腹を抱えて大爆笑したんだ」

ひとしきり笑うと、「でもさ、お前なんで無事なの？」と、疑問を口にする。

すると井上さんは、こんな話を始めた。

カーブに侵入する直前、井上さんは間違いなくサイドブレーキを引いたという。

そのことは、確実に覚えている。

だが、その途端、車体が強烈に回転し、コントロールが効かなくなった。
視界が揺れて、まっすぐシートに座ることさえできない。
次の瞬間、フロントガラスの端に、上空へ消えていく白いガードレールが見えた。
〈俺、崖に落ちてるんだ〉と、混乱した頭で考えたという。
どれほど落ち続けたのだろう、やがて体が〈ぐんっ！〉とシートに沈み込んだ。
車体が大きく軋み、いままで体に感じていた浮遊感が消失した。
だが――それだけだった。
体のどこにも痛みがなく、車内が破損した様子もない。
フロントガラス越しに前方を窺うと、水のない河原がヘッドライトに浮かんでいた。
〈あれ、もしかして……谷底に、着地したのか？〉
訳がわからず、懐中電灯だけを持って車外に下りた。
外灯は無く、夜空を見上げても、峠道がどこにあるのかわからない。
体感的には、かなりの高さを落下したように感じた。
とりあえずどうしたものかと、自分の愛車を振り返ってみる。
その刹那、〈ベコンッ！〉と音を立て、ディアマンテがぺしゃんこに潰れてしまった。
まるで崖から落ちたことを、いま〈思い出した〉ような、異常な光景だった。

だが、なぜ車が時間差で大破したのか、理由はまったくわからない。

圧縮袋に潰されたような車体を、ただ茫然と見詰めるばかりである。

その後、井上さんは崖を迂回して歩き、車道へ戻る獣道を見つけたのだという。


「俄かには信じ難い話だったけど……井上は無事だったし、まぁいいかって」

その晩、上谷は警察の現場検証に、朝まで付き合う羽目となった。

井上さんは警察から厳しい事情聴取を受けたようで、「今度は、保険が下りないかもしれない」と、肩を落としていたという。

実際、彼が無謀運転で事故を起こしたことは、状況を見れば明白だった。

だが、数週間後、井上さんは真っ赤なNSXに乗っていたという。

言わずと知れた、ホンダの国産高級スポーツカーである。

聞くと、さすがに保険会社とは、かなり大揉めしたらしい。

だが、事故調査の結果、中古車屋の整備不良が原因だと判明したのだという。

「でも、そんなの運が良過ぎるって言うか……ちょっと、異常だろ？　俺、アイツに『わらしべ長者にもほどがあるっ！』って文句言ったんだよ。そしたらさ」

——だけど俺、占い師に言われた通りにしただけなんだよ。

少し照れ臭そうに、井上さんが打ち明けてくれた。

「聞いたらアイツ、親父から金を借りたときに、商店街の占い師のところへ相談に行ったらしいんだよ。『この金で一番良い車を手に入れたいから、占ってくれ』って」

すると占い師は、「この店に行きなさい」と、一軒の中古車屋を勧めてくれた。

その店こそが、最初にシティを購入した中古車屋だったのである。

「要は、占いが当たったってことなんだろ。本当に、一番良い車を手に入れたんだからさ。もっとも、そのせいで何度も死に掛けたんだから、羨ましいとは思わないけど」

その後、数年間、井上さんはＮＳＸを愛用し続けた。

事情があって手放すまで、一度も事故は起こさなかったという。

カワハギ

都内でＩＴ関連の企業を経営している内村さんから、話を聞かせて貰った。

主に、彼が最近ハマっている「カワハギ釣り」についての話題である。

「他にも趣味はあるけど、やっぱり『カワハギ』が面白くてね。カワハギって、細い口で餌を啄《ついば》んでくるんだよ。だから、合わせが結構難しいんだ。それでね……」

ハマっていると言うだけあって、それなりに説明がくどい。

聞くと、デート中に〈カワハギ釣りの魅力〉について長々と講釈を始めてしまい、彼女にフラれたこともあったらしい。

「その……内村さんは、何か不思議な体験をされたことはありませんか？」

魚釣りの話に飽き、話題を変えるつもりで聞いてみた。

「不思議な話ねぇ……あっ、そう言えば、前にカワハギ釣りに行ったときにさぁ」

やはり、カワハギの話だった。

おととしの冬、内村さんは千葉のとある漁港で、釣り船に乗った。

会社の部下ふたりを誘っての、カワハギ釣りである。

朝から夕方まで粘って、そこそこ満足のいく釣果が得られたという。

「で、俺の車で東京に向かったんだけど、途中で「このカワハギ、どうする?」って話になったんだ。三人とも、料理なんてやらないからさ」

最初は馴染みの料理屋にでも持って行くつもりだったが、この時間からだと、東京に着く頃にはだいぶ遅くなってしまう。

どこかに、釣った魚を捌《さば》いてくれそうな店はないかと、探すことにした。

すると、国道から逸れた脇道に、『寿司』と書かれた照明看板を見つけた。

とりあえず店の前まで行って、様子を窺ってみた。

流行《はや》っているようには見えないが、老舗の寿司屋であることは間違いなさそうだ。

「試しに、交渉してみるか」と、訪いを入れた。

店内には、五十絡みと思《おぼ》しき大将がひとり。

事情を説明すると、「いいよ、見せてみな」と、機嫌良く引き受けてくれた。

早速、形の良いカワハギを数匹、捌《さば》いて貰った。

ものの十分もしないうち、見事な御造りがカウンター席に並んだという。

ピンと張った新鮮な刺身を、肝をたっぷりと混ぜ込んだ醤油で頂く。

——濃厚な肝の旨味が、こりこりとした白身と一緒に、口中に広がった。

ほどよく燗《かん》した日本酒が冷えた体を温めてくれるのも、また嬉しい。

「でも、部下のひとりには、酒を我慢して貰ったんだよ。帰りの運転手が必要だからね。もちろん、俺は飲んだけど……まぁ、社長特権ってことで」

前もって部下には、「次の機会に、飲ませてやる」と約束している。

内村さんは存分にカワハギを堪能し、ほろ酔い気分で全員分の勘定を払った。

捌かなかった残りは「お客さんに振舞ってくれ」と、トロ箱に置いてきたという。

「その店、大将の腕もさることながら、いい酒が置いてあってね。次に来るときも、この店に頼もうと決めていたんだよ……勘定も、少し多めに払ってきたしね」

念のため店の場所をナビに登録してから、その日は東京へと帰ることにした。


その翌週、再び内村さんは部下を伴って、千葉へと出かけた。

もちろん、カワハギ釣りである。

夕まづめまで釣り続け、勢い込んで先日の寿司店に向かった。

部下との約束を果たすのは建前で、単純にカワハギの刺身が食べたかったのである。

だが、店の前に到着して、唖然とした。

なぜか、店構えが前回と異なっていたからである。

『寿司』と染め抜かれた暖簾がなく、店先が居酒屋風の装飾に変わっていた。

「あれぇ？　店が違うよなぁ。ナビの入力、ミスってないか？」

部下に確かめさせたが、間違いなく前回登録した場所である。

首を傾げながらも、念のため居酒屋の中を確かめてみた。

——驚いたことに、店内は先週訪れた寿司屋と同じだった。

壁紙の色や照明の位置、酒棚に置かれた日本酒の銘柄まで、記憶にある店内の風景と、まったく違いがないのである。

ただひとつ——カウンターの中に立っている店主は、別人だった。

「ここって最近、寿司屋から店が変わりましたか？」

内村さんは直接、店主に訊ねてみた。

すると店主が「いや、ここが寿司屋だったのは、もう何十年も昔の話だよ」と言う。

聞くと、店主が居抜きで居酒屋を始めてから、すでに八年目になるらしい。

「でも、俺にはこの店でカワハギを食べた確信があってさ。訳がわからないから、『先週もこの店に来たんだけど』って、店主に説明したんだよ。そしたらさ……」

「あぁ！　あのカワハギ、あんたらのか」と、店主が声を上げた。

なんでも先週、店先でカワハギが入ったトロ箱を見つけたのだという。
手に取ると新鮮そうだったので、持ち帰って鍋にしたらしい。
――やっぱり、俺たちはこの店に来ていたんだ。
そうは思ったが、なぜ先週は寿司屋だったのか、さっぱりわからなかった。

そして去年、一年ぶりに千葉へカワハギ釣りに行った。
――今度は、郷土料理の店に変わっていた。
やはり、店内の様子は以前と同じで、店長だけ別人である。
「でも、三回目になると、なんか可笑《おか》しくってさ。部下も後ろで笑っていたし」
聞くと、郷土料理店を始めて、すでに数年が経つのだという。
それ以上は、聞くのも馬鹿々々しくなった。

「今年は何の店に変わっているのか、それが楽しみでね」
そう言うと、内村さんは悪戯っぽく笑った。

着信音

都内に住む石塚さんが、仲間六人で連れ立って、観光旅行をしたときの話だ。


当日、現地の観光地を見て回り、日が暮れてから宿泊所に入った。

が、いざフロントにチェックインすると、予約に手違いがあると言われた。

和室の六人部屋を予約したはずが、四人部屋しか取れていなかったのである。

「でも、文句を言っても仕方ないから、残りのふたり分、別の部屋を取って貰うことにしたんだ。そこの宿泊所って、旅館とビジネスホテルをくっ付けたような施設でね。和室のほうは満室だったんだけど、ビジネスには空きがあったから」

石塚さんともうひとり、年下の吉井さんが個室を借り、残りの四人は和室に泊った。

部屋は別々になったが、夕食は宴会用の大広間を用意して貰っている。

お陰で、遅くまで羽目を外して騒ぐことができた。

やがて、宴会もお開きとなり、石塚さんたちは各自の部屋に戻ることにした。

「それで、軽くシャワーを浴びてから、寝ようと思ってね。洗面所で浴衣を脱いだらさ、寝室のベッドから、携帯の着信音が聞えたんだよ」

〈誰だ、こんな時間に〉とベッドを探したが、携帯が見つからない。

ようやく、旅行バックの中に入れたことを思い出すと、着信が切れていた。

だが、そのときに〈おかしい〉と気づいた。

さっき聞こえた着信音が、自分の携帯とは違っていたようなのだ。

酔った頭で、記憶を辿ると――

〈タラララッタ　タララ～♪〉

陽気で、耳馴染みの深い、〈ド○えもん〉の主題歌だった。

「でも、俺はそんな曲、着信にはしてないし、着信履歴も残っていなくてね。だから、隣の部屋の着信が聞こえたのかと思って」

ひとまず携帯を脇に置いて、シャワーを浴びることにした。


寝床に就き、石塚さんが微睡《まどろ》み始めたときである。

再び、〈ド○えもん〉の着信音が鳴り響いた。

だが、自分の携帯ではないことはわかっている。

時刻を見ると、すでに午前零時。

眠りを邪魔されて、さすがに頭にきた。
文句を言うべきかと考えて、隣室は吉井さんが借りていることに気づいた。
〈……あいつ、こんな子供じみた着信使ってるのかよ？〉
よほど壁が薄いのか、耳障りに着メロが響いている。
しかも吉井さんは、いくら待っても電話に出ようとはしなかった。
結局、携帯が鳴り止むまで、三分ほど待つこととなった。
それから——一時間後の、午前一時。
三回目の着信音で、目が覚めた。
やはり、〈ド○えもん〉の主題歌だった。
いい加減腹が立ち、着信音が止むのを待って、吉井さんの携帯に電話を掛けた。
〈お前、いい加減、電話に出てやれよっ！〉と、文句を言ってやるつもりだった。
だが、隣の部屋から聞こえてきたのは、ただのベルの音。
〈あれっ、何で……？〉と、驚いた。
すると、「どうした、こんな時間に？」と、携帯から吉井さんの声がした。
「えっ、いや、お前……ずっと、携帯鳴ってなかった？」
「あぁ？　なに言ってんだよ？　こんな時間に携帯掛ける奴なんかいないだろ。お前こそ、何で掛けてきてんだよっ、いま、夜中の一時だぞっ！」

「……いや、お前の部屋から着信が聞えてきたから……」

「知らないよ！」

そう言うや否や、吉井さんは一方的に携帯を切った。


その後も、〈ド○えもん〉の着信音は一時間ごとに鳴った。

だが、明け方の四時を最後に、二度と鳴ることはなかったという。

結局、石塚さんは計五回、持ち主不明の携帯電話に起こされたことになる。

「でも、俺の部屋って角部屋で、反対側には部屋がなかったんだ。だとすると、別の部屋で鳴っていたっていうのも、怪しく思えてくるからさ」

――もしかすると、本当は俺の部屋で聞こえてたんじゃないか？

そんな気がするのだと、石塚さんは言った。

ロードローラー

加納さんは以前、国土庁（現在の国土交通省）で監督職員に就いていた。

公共工事の適正な施工を監督する仕事だが、当時の日本は列島改造ブームにあり、地方の僻遠《へきえん》な未開拓地へ出向することが多かったのだという。

「何もない僻地の自然林に舗装道路をばんばん造るんだから、高度成長期ってのは、凄かったよ。まぁ、お陰で田舎暮らしが身に沁みついちまったがね」

そんな加納さんが、以前に体験した奇妙な出来事について教えてくれた。


その年、加納さんは山陰地方の、とある山村に出向することとなった。

村近くの一般道を分岐し、隣県へと繋がる車道を新設する工事の、監督官を拝命したのである。

「長い工期を見込んだ事業計画だったけど、工事自体は特別、難しいものではなかったよ。ただ、着工から暫くして、厄介なトラブルが発生してね」

現場に駐車したロードローラーのうちの一台が、盗まれてしまったのである。

なんでも、早朝、現場に到着した作業員が異変に気づき、加納さんに連絡を寄こしてきたのだという。

それを聞いた加納さんは〈そんな馬鹿なことがあるか〉と、報告を疑った。

と言うのも、道路舗装に使われるロードローラーは総重量で八トン以上あり、運び出すのにも、特殊な運搬車が必要だったからである。

もちろん、エンジンのキーは外してあり、おいそれと運転できるものでもない。

「ただ、ひとつマズいと思ったのはさ、他の工事車両は現場の奥に停めてたんだけど、そのロードローラーだけは、現場の入り口に停めさせてたんだよ。車止めのバリケードのつもりでね。まぁ、だからって盗み易いって訳でもないと思うけど」

加納さんは急いで警察に盗難届を提出し、同時に土木業界の関係者に「同型のローラーを見掛けたら、教えて欲しい」と頼んで回ったそうだ。

しかし現在と違い、ＧＰＳでの追跡システムなどない時代である。

これと言った有益な情報は得られず、また警察からも音沙汰がなかった。

その間にも土木作業は進み、地元民さえ立ち入らないような山奥にまで、開削工事が行われるようになった。

そして、ちょうど一年が過ぎた頃である。

突然「あのロードローラーが見つかった」と、現場の作業員から知らせが入った。

――なぜかロードローラーは、山奥の中に放置されていた。

周りを背の高い樹々に囲まれ、車体にはツタや低木が複雑に絡んでいたという。

まるで、何十年も山中にほったらかしにされたような、酷い状態だったらしい。

だが、一体誰が……どうやって？

誰もが疑問を口にしたが、それに答えられる者はいなかった。

「だって、発破《はっぱ》使って、爆破しながら切り開いた山の一番深い場所だよ。なのに、あんな重いモンを、どうやったら運べるのか……いまでも、答えが見つからないんだ」

後に、車体番号の一致が確認され、やはり盗まれた車両であることが証明された。

だが、犯人を特定することは、最後まで叶わなかったという。

「山じゃ、不思議なことが起こるもんだけど、あのときくらい意味のわからないこともなかったなぁ……まぁ、俺も大概のことは経験しているけどね」

そう言うと、加納さんは微笑んで目を細めた。

ジーンズ

関東近郊にある某大学出身の、佐々木さんからこんな話を聞いた。


入学した初年度、学生寮に住んでいたルームメイトが亡くなった。

非常階段からの、飛び降り自殺だったという。

「さすがに、ショックでしたよ。同じ部屋で寝起きしていた同級生が、いきなり死んでしまったのですから」

彼が自殺したニュースが伝わると、学校内は大騒ぎとなった。

パトカーや救急車がキャンパスに入り、マスコミも押し掛けたという。

佐々木さんも、警察から任意の事情聴取を受けた。

だが、遺書は見つからず、ルームメイトが自殺した動機は判明しなかった。


ルームメイトの自殺から暫く経った、ある夕方。

佐々木さんは、久しぶりに洗濯をした。

ここ数日は洗濯どころの騒ぎではなく、洗い物を溜めていたのである。

学校には部屋の変更を願い出たものの、早々に〈空きがないから〉と断られていた。

洗濯した衣類を駕籠に詰めると、干すために屋上へと向かった。

寮の屋上には、部屋ごとに割り当てられた物干し竿がある。

だが、自分の物干し竿の前まで行くと、すでにジーンズが一着、吊るされていた。

亡くなった、ルームメイトの物だった。

「きっと、自殺する前に干していたのでしょうね。ちょっと、気が引けましたが……遺品ですから、遺族の方に送って差し上げようと思って」

ジーンズの腿の辺りに、手を掛けた。

すると――妙な、手応えを感じた。

布地の内側に、みっちりと肉が詰まった感触を覚えたのである。

「うわっ！　なんだっ！」

思わず手を離して、吊り下がったままのジーンズを見直した。

両方の裾から――裸足《はだし》が出ていた。

爪先をピンと伸ばした足首が、夕闇に白く浮かび上がっていた。

作り物には、見えなかったという。

「さすがに、もう一度触ろうとは思わなかったですね。その日はそのままにして、翌朝、もう一度屋上へ行ってみたんです。すると、足は無くなっていました。だから、ジーンズを取り込んで、畳んだのですが……結構、おっかなびっくりでしたよ」

そのジーンズは、寮長に頼んで、ご遺族に送って貰った。

その後、佐々木さんはその寮の部屋に住み続けたが、別段、何も起こらなかった。

ごみ箱

先日、居酒屋で同席した田中さんから、こんな話を聞いた。

彼が、小学五年生のときの体験談である。

「当時、学校で『こっくりさん』が流行っていてね。私も何度かやったことがあるんだよ。もちろん、占いごっこのつもりでね」

「こっくりさん」は特別な道具も要らず、暇潰しの手遊びとしては最適だった。

また、田中さんの学校では、禁止もされていなかったという。


一学期の終業式が近くなった、ある日のこと。

田中さんは友達ふたりと、放課後の教室で駄弁っていた。

他に生徒はおらず、夕暮れが近い初夏の教室には、緩やかな時間が流れている。

やがて、お喋りにも飽きてくると、「こっくりさんでもやるか」という話になった。

早速、友達ふたりが机を挟んで、向かい合わせに席に着いた。

田中さんは立ったまま、質問役を引き受けたという。

「で、友達のひとりがノートを破ってね。鳥居の形に線を引いてから、平仮名で『あいうえお』って書き始めたんだけど……」

「か行」を書く前に、鉛筆を止めてしまった。

なぜか芯を宙に浮かせたまま、もどかしそうに右往左往させている。

「お前、何やってんだよ。早く書きなよ」

もうひとりの友達が文句を言ったが、一向に書き進めようとしない。

「いいよっ、もう、俺が書くからっ！」

しびれを切らせた友達が、鉛筆を奪い取るようにして続きを書き始めた。

だが、「か行」を書き終えた後、やはり鉛筆が止まる。

「あれっ？　さ、さ、『さしすせそ』……って、どうやって書いたっけ？」

酷く狼狽した様子で、彼も鉛筆を震わせたという。

すると、もうひとりの友達が「お前もか？　俺も、なぜか平仮名が書けなくって」と、奇妙なことを言い出した。

「さすがに、私をからかっているんじゃないかと、疑ったんだよ。でも、ふたりとも『うーん』って唸るばかりだし、いつまで経っても埒が明かないからさ」

田中さんは「じゃあ、俺が書くよ」と、紙を手元に引き寄せた。

――「さ」という文字が、書けなかった。

頭の中に『さしすせそ』は思い浮かぶのだが、それを形にできないのである。

次第に、気味が悪くなってきた。

「あんなことは、初めてだったよ。小学五年生にもなって、三人とも平仮名が書けないなんて。でも、いくら頑張っても駄目で」

見ると、窓から夕日が差し込んで、教室が茜色に染まり始めている。

田中さんたちは「こっくりさん」を諦め、家に帰ることにした。

書き掛けのノートの紙は、丸めてごみ箱に捨てたという。


翌日のことである。

教壇に立った担任の先生が、険しい表情でこんなことを言った。

「昨日の放課後、この教室でボヤがあった。心当たりのあるものは、名乗り出なさい」

なんでも、学校の用務員が偶然それを見つけて、慌てて鎮火したのだという。

もし発見が遅れていれば、ボヤで済まなかったと、担任は声を荒げた。

火元は、教室の隅に置かれたごみ箱だったらしい。

「ホームルームの後、すぐに職員室に行って、ありのままを説明したよ。放課後、残っていたのは、私たちだけだったからね」
丸めた紙を捨てはしたが、火が点くようなことはしていないと、主張したのである。
担任は「わかった。取り敢えず、このことは黙っていてくれ」と言った。
田中さんたちを疑っている様子は、感じられなかったという。
その二日後、ボヤ騒ぎの犯人が判明した。
別の教室の男子生徒たちが、ごみ箱に火を点けたことを白状したのである。
もっとも、学校が配慮し、生徒の名前を公にすることは避けられた。
ただ、田中さんたちは、担任からボヤ騒動の詳細を聞かせて貰ったという。

――その内容は、こうである。
あの日、件の生徒たちは夜に公園へ行って、花火で遊ぶつもりだったらしい。
そのため、授業が終わった後も、教室で遅くまで時間を潰していたのである。
陽が落ちて、辺りが暗くなった頃合いで、彼らは教室を離れた。
だが、薄暗い廊下を歩いている途中で、妙なことに気がついた。
通り掛かった教室の中から、〈ぶつぶつ〉と声が聞こえてくるのである。
しかし、室内を覗いても人の姿は見えない。

気になって声を追うと、教室の片隅に置かれた、小さなごみ箱に行きついた。

そこには丸められた紙切れがひとつ、捨ててあるだけ。

だが――確かにごみ箱の中から、人の声がするのである。

興味を掻き立てられた彼らは、ごみ箱の前で「きっとこれ、幽霊だよ」、「違うよ、何かの仕掛けがあるんじゃないか」と、盛り上がったという。

すると生徒のひとりが「マッチあるから、入れてみようぜ」と言い出した。

反対する者は、いなかったという。

早速、火の点いたマッチを、ごみ箱に落としてみた。

『ぎゃあぁぁーーーーっ!!』

凄まじい絶叫と共に、ごみ箱から炎が吹き上がった。

天井に届くほどの、巨大な火柱だったという。

その光景に動転した生徒たちは、悲鳴を上げて教室から逃げ出したらしい。

直後、用務員が廊下を通り掛かり、幸いにも事なきを得たのである。

「でも、そのときは正直、信じられなくてね。幽霊とか、ごみ箱が喋ったとか。第一、私が捨てた紙は一枚っきりで、火柱が立つなんてあり得ないからさ」

だが、後になって嫌なことを知った。

それからひと夏が過ぎ、二学期の始業式のことである。

登校した田中さんは、机のひとつに花が飾られているのを見たそうだ。

彼らが、「こっくりさん」で使っていた机だった。

「皆さんに、とても残念なお知らせがあります」

始業式前のホームルームで、担任が沈痛な面持ちで説明を始めた。

同級生のひとりが、亡くなったのだという。

「Nくんっていう子でね。一学期の始めに登校しただけで、ずっと入院していた子だったんだけど……夏休みに入る直前に、急逝したらしくてね」

――「こっくりさん」をやった、あの日だった。


この出来事を思い出すたびに、田中さんは忸怩《じくじ》たる思いに駆られる。

Nくんをあの紙に呼び出して、〈燃やさせてしまった〉ような気がして、自責の念を覚えるからである。

三十年以上経ったいまでも、その思いは変わらない。

壺バジル

仕事先で知り合った、渡辺さんから聞いた話である。


数年前の、とある日曜日のこと。

渡辺さんは、同僚の山口さんが住んでいるマンションへ遊びに行った。

テレビでも観ながら、のんびり酒を飲まないかと誘われたのである。

手土産を持って訪れると、彼は手製のイタリア料理を振舞ってくれたという。

「凝り性な奴でね。当時はイタリア料理にハマっていて。俺の他にもふたり、同じマンションに住んでいる友達が呼ばれていたよ。皆で、昼食を御馳走になったんだ」

パスタやラザニアなど馴染みある料理から、名前も知らないような珍しい郷土料理まで、どの料理も抜群に美味しかったという。

特に、ふんだんに使われたハーブが絶妙で、料理に強いアクセントをつけていた。

聞くと、山口さんが自分で育てたハーブらしい。

「わざわざ、香辛料から作っているのかって、驚いたよ。でもそのハーブ、他では食べたことがないくらい香りが強くてね。特別な種類なのかと、聞いてみたんだ」

だが、山口さんは「スーパーで売ってた種を、育てただけ」だと言う。

実際、プランターに種を埋めた後は、大して手を加えていないらしい。

〈そんなんでも、育つんだ〉と、妙に感心した。

すると山口さんは「まぁ、ゆっくりやっていてくれ」と後を任せて、台所に食器を片づけに行ってしまった。

残された三人は、リビングでビール片手に談笑を始めたという。

他のふたりとは初対面だったが、同年代の男性同士、雑談の種は尽きなかった。

なんでも山口さんとは、マンションの管理組合で知り合った仲なのだという。

すると急に、ふたりが在らぬ方を向いて、ペコリと頭を下げた。

見ると、ベランダにお婆さんがひとり、立っていた。

〈なんだ、お母さんが来ていたのか〉と、渡辺さんも慌ててお辞儀をした。

だが、顔を上げると、すでにお婆さんがいない。

「あれっ？　あのお婆さん、どこ行った？」と、腰を浮かした。

ベランダは広く作られているが、隠れる場所があるとは思えない。

「ちょっと、奇妙に思えてね。それまで、部屋の中にお婆さんがいる気配を感じなかったし……第一、山口が紹介してくれないのも不自然だったから」

調べようと、三人でベランダに出てみると──

「お前これっ、骨壺じゃないのかっ⁉」

同じマンションに住むふたりが、同時に怒鳴り声を上げた。


「聞いたらさ、山口の奴、マンションのごみ捨て場に捨ててあった壺を、プランターの鉢植え代わりに使ったらしいんだ」

だが、同じマンションの友人たちは、それは骨壺に間違いないと口を尖らせた。

なんでも、その壺と一緒に、解体された仏壇が捨ててあったと言うのである。

聞くと、最近では引き継げない仏具を解体して、ごみとして廃棄してしまう業者が少なくないらしい。

特に骨壺は、昨今の散骨ブームもあって、捨てられるケースが多いのだという。

「でも、骨壺を鉢植えにするなんて、普通考えないだろ？　衛生的にも問題があるし、知らない婆さんも、実際に化けて出ているからさ……山口に、そう文句を言ったんだ」

だが、山口さんは「壺は洗ったたし、婆さんにも恨まれてない」と、しれっと言う。

彼に言わせると、骨壺で育てたハーブは、特別に香りが強くなるのだという。

「お前らだって食べただろ、このバジル。こいつが上手く育っているってことはさ、壺の使い方が間違ってない証拠なんだよ……どこの誰かは知らないけどさ、その壺の婆さんだって、拾って貰えて喜んでいるんじゃないかな？」

そう言って、山口さんは毟《むし》ったバジルの葉を旨そうに噛んだ。

その後、渡辺さんが彼のマンションを再訪したことはない。

山口さんは、いつも通り元気にやっている。

仕返し

友人の佐藤が、実家の縁側で寛《くつろ》いでいたときの話だ。

ふと庭先を見ると、鼠《ねずみ》が一匹、砂利道を蹴って軒先へと駆けていく。
そのまま、車道に出た途端〈ばちん〉と、車に轢かれてしまった。
長く実家に住んできたが、初めて見る光景だった。
妙なこともあるものだと、呆れながら軒先を見詰めた。
すると、また鼠が一匹、チョロチョロと這い出してくる。
そいつは、庭の日溜りで止まると、暫く鼻をヒクつかせていた。
だが、何かを思い出したかのように、突然、軒先へと駆け出していった。
そして――車に、潰された。
「何だ、これ？」と驚いて、様子を見に行った。
アスファルトに、潰れた鼠が煎餅《せんべい》のようになっていた。
どうやら、鼠の上に、もう一匹が重なって轢かれているらしい。

どういう現象なのかわからなかったが、とりあえず保健所に電話した。
担当の職員は、その日のうちに処理に来てくれたという。
興味が湧き、「なぜ、二匹が同じ場所で轢かれたのか？」と、聞いてみると――
「いや、二匹じゃないですよ」と、職員が首を振った。
七匹の鼠が、重なって潰れていたらしい。
〈――ああ、そう言えば〉
職員の話を聞いて、あることを思い出した。
先月亡くなった祖父が、庭の離れに「鼠が出よる」とこぼしていたのである。
離れには、祖父の遺品が仕舞ってあった。
覗きに行くと、祖父が大切にしていた煙草入れが、齧られていたという。
以来、敷地内で鼠を見掛けたことはない。

生ラーメン

清水さんが社会人になって、間もない頃のこと。

付き合って一年になる彼女と、別れ話になった。
場所は、以前から待ち合わせに使っていた喫茶店だった。
その日も惰性で会ったものの、お互いに会話をするでもない。
やがて、〈何のために、つき合っているんだ?〉と、虚しい気持ちが募った。
「なあ、そろそろ別れないか?」と、思わず言葉が口を突いた。
それで、すべてがご破算となった。
罵りあいが始まり、中途半端に引けなくなってしまったのである。
いい加減嫌気が差し、清水さんは一方的に話を打ち切って、喫茶店から出た。
すると、店の前で「ちょっと、待って!」と、彼女に呼び止められた。
「もう、いいだろ!」と振り向くと、ネクタイを〈グイッ〉と引っ張られた。
「アンタのこと、絶対許さないからっ!」

そう言って睨む彼女の眼が、まるで蛇のように光って見えた。
急に怖くなり、清水さんは逃げるようにして喫茶店を離れたという。
そのまま自宅へ戻ろうとして、ふと、朝から何も食べていないことに気がつく。
喫茶店で別れ話になり、昼食を取り損ねていたのである。
見ると、少し先にラーメン屋があった。
〈……ちょっと、食っていくか〉
引き戸を開けると「いらっしゃい」と、威勢よく店主が迎えてくれた。
カウンター席に座って、考えるでもなくラーメンを注文した。
暫くしてラーメンが運ばれてくると、空腹に任せて麺を啜ろうとした。
だが、なぜか麺が上手く啜れなかった。
――と言うよりも、逆に引っ張られているような感覚がある。
自分の顔が、〈まるで麺に啜られている〉ように、どんぶりへと近づいていくのだ。
鼻先がスープへ迫り――しまいに、顔ごとラーメンに突っ込んでしまった。
「うわっ、あづっ、あぢぃぃー！」
あまりの熱さにどんぶりを弾き飛ばし、その場で身悶えした。
その瞬間、『きゃはは』と、嗤《わら》われた。

彼女の声だと思った。

だが、スープを拭って店内を探しても、姿はどこにも見当たらない。

すると店主が、「無駄だ、あんちゃん」と言いながら、濡れタオルを貸してくれた。

そして、何ごともなかったように「折角だからさ、食ってきなよ」と、チャーハンを作ってくれたという。

まだ状況がよく呑み込めなかったが、取り敢えずチャーハンを食べることにした。

代金は、求められなかった。

「後で、思い返したんだけど……あの店主、店に入ったときから、ずっとこっちの様子を窺っていたんだよ。もしかしたら、何かに気づいていたんじゃないかな?」

その後、別れた彼女とは会っていないという。

ユーチューバー

知人に誘われた飲み会で、ユーチューバーをやっているという女性と知り合った。

名前を久保さんといい、普段は服飾関係の店で働いているのだという。

「いろんな場所で動画を撮って、ユーチューブに上げてるんです。始めてから一年ですけど、やっと視聴者が定着してくれた感じですね」

聞くと、人が滅多に行かない辺鄙《へんぴ》な場所で、撮影をするのが彼女の流儀らしい。

例えば、寂れた遊園地や、人気のない温泉街など。

そんな場所をレポートするだけで、結構な視聴者数が稼げるらしい。

「でも、こないだちょっと嫌な体験をして、今後どうしようかなって考えてるんです」

その体験を、教えて貰った。

数ヵ月前、久保さんは友人を誘って、深夜、関東近郊にある工業団地を訪れた。

複数の工場が林立する平地だが、時間がだいぶ遅いため、周囲は深閑としていた。

「そこに、『トンデモ歩道橋』があるって聞いていたんです。車が通らない道路に、すごく立派な歩道橋が架けられているって」
彼女は別に、無駄な公共事業を訴えたい訳ではない。
ただ、珍妙な建造物を〈おもしろいもの〉として、撮影したいだけである。
友人の車で近くまで行き、早速、歩道橋の撮影を始めた。
スマホを使った動画撮影だが、最近の機種は夜間でも綺麗に撮れるらしい。
コメントしながら階段を上り、通路に立つと――言葉に詰まった。
歩道橋の真ん中に、小さなものがいた。
目を凝らすと、それは白い洋服を着た幼児だとわかった。
その子は手摺りの傍にしゃがみ込み、下の道路をじっと見詰めていたという。
友達と顔を見合わせ、迷子じゃないかと話し合った。
「あなた、お母さんは？」と、久保さんが聞いた。
すると、その子は黙ったまま、下の道路を指さした。
薄暗くてよく見えないが、どうやら人が立っているようだ。
「ここ、絶対に動かないでね」と幼児に声を掛け、ふたりで歩道橋を下りた。
歩道に立っていたのは、白い和服を着た日本髪の女性だった。
青白い肌をした綺麗な女性だが、顔に表情がない。

「そのときは、さすがに『幽霊じゃないの？』って疑ったんですけど……」

久保さんが見た限り、生きている人間としか思えなかったという。

体が透けている訳でもなく、生身の人間の存在感をしっかりと感じたからである。

「上にいる子、あなたのお子さんっ？　ほっといたら、危ないじゃないですかっ！」

我慢できなくなったのか、友達が女に向かって声を荒げた。

あんな危ない場所に、幼児を置いたままにする神経が許せなかったのである。

だが、女は無表情のまま、何も言わずに歩道橋を上って行くだけだった。

ふたりは唖然として、それ以上は何もできなかったという。


「で、帰ってきてから、早速、動画を編集したんです。加工をしないと、ネットには上げられませんから」

だが、撮ってきた動画を見て、言葉を失った。

動画には、幼児と女の姿がどこにも映っていなかったのである。

「友達が撮った動画も同じでした。私が、何もない空間に「お母さんは？」って話し掛けている姿しか映っていなくて……結局、この動画は使わないことにしました」

心霊動画は流さないと、彼女は以前から決めていたのである。

友達に断りを入れてから、動画ファイルをすべて削除してしまったという。

「幾らカウントを稼げたとしても、心霊ものはやりたくないんです。そういうのを下手に流すと、活動自体が胡散臭くなってしまうから……」

ただ最近、彼女はあることで困っている。

なんでも、彼女は以前まで、よく料理の動画を撮影していたそうだ。

特に外食のときは、必ず画像をＳＮＳに上げていたほどだったという。

だが、それができなくなってしまった。

彼女が料理を撮影すると、画面の端に、あのときの幼児が映り込むからである。

不思議と、料理以外には映らず、また女のほうが出てきたこともない。

「よく、心霊動画とかで『画面が見切れて、戻ったときに幽霊が映った』みたいなの、あるじゃないですか？　あんな感じで、何となく作り物っぽく映るんですよ」

それが嫌で、彼女は料理の動画を撮るのをやめてしまったのだという。

スマホも、近いうちに買い替えるつもりらしい。

〈じゃあ、いま撮ってみてよ〉と頼んだが、すごく嫌そうな顔で断られた。

予感

増田さんが、土曜日に自宅で寛いでいたときの話。
週末、台風が近づき、外の天気は大荒れになっている。
できれば買い物に行きたいが、これでは部屋を出る訳にもいかない。
もう暫く待ってみようかと、再びベッドに横になった。
すると、外から声が聞こえてきた。
キャッ、キャッとはしゃぐ、子供の声だった。
どうやら数人の子供たちが、アパートの外廊下で遊んでいるらしい。
そのとき、ふと〈部屋に入ってきたら嫌だな〉と、思った。
きっと部屋中を走り回って、好き勝手に遊ぶのだろう。
体は雨で濡れているだろうし、足も泥だらけに違いない。
そうなったら、部屋がぐちゃぐちゃになってしまう。
〈嫌だなぁ。鍵を閉めておこうか〉

そう思って、玄関に向かうと――ドアが、僅かに開いていた。

隙間から、小さな女の子が覗いている。

「ダメ、ダメ、入らないでっ！」

慌ててドアを閉めて、鍵を掛け直した。

その瞬間、ドアの向こうから『チッ！』と、舌打ちが聞こえて――

やがて「きゃははは」と、子供たちの笑い声が遠ざかっていった。

危ないところだったと、ほっとして寝室に戻ろうとした。

その瞬間、〈おかしい〉と気づいた。

自分はなぜ、子供が部屋に入ってくると思ったのだろう？

それに、あの女の子のこともまったく知らない。

第一、ここのアパートでは、普段からあまり子供を見掛けなかったのである。

「正直、自分でもよくわからないんだよ。ただ、はっきりしてるのはさ、子供が入ってくる予感がして、それを未然に防いだってことだけなんだ」

いまでも増田さんは、そこのアパートに住んでいる。

だが、やはり子供の姿は滅多に見掛けないのだという。

高脂血症

高脂血症——脂質異常症ともいう。
血液中の脂質値（コレステロール、中性脂肪等）に、異常がある状態の総称である。
旧知の中村さんは、長年、この高脂血症が悩みの種だった。
と言うのも、彼女は無類の肉好き、野菜嫌いなのである。
「このままだと、脳卒中や心筋梗塞になりかねませんよ」
健康診断で、医師から何度もくぎを刺されたが、肉好きは止められない。
結局、毎年の検査結果を気にしながら、好物の肉料理を頬張る毎日だったという。
「でも、直近の数値がすごく改善したのよ。ほら、見た目もすっきりしたでしょ？」
そう自慢されたのは、つい最近のこと。
スマートと言えるほどではないが、確かに幾分細くなった印象がある。
だが、スポーツに取り組んでいるという訳でもないらしい。
聞くと、食事療法的なことを始めたのだという。

「あのね、ある人がときどき『痩せる肉』をくれるのよ。それを食べると、脂質値が良くなるって……実際、ホントにそうなったのよ」

その人とは、行きつけの飲み屋で偶然友達になったらしい。

名前は聞いているが、その他の素性については知らない。

ただ、彼女が高脂血症で悩んでいることを聞くと、「いい肉があるよ」と飲み屋まで持って来てくれたのだという。

何度か「これ、何の肉？」と訊ねたが、〈内緒〉と言われるだけだった。

どうやら牛や豚、鶏肉の類ではないようだ。

仕方なく、他の知り合いに聞いてみるのだが、必ず〈そんな得体の知れない肉は、食べないほうがいい〉と、叱られるのだという。

「でも肉が食べられて、脂質値も下がるんだから、全然問題ないでしょ？」

そう言って、彼女は膨れっ面をする。

いまさら何を言っても無駄っぽいので、「その肉を、どんな料理にして食べるの？」と、聞いてみた。

すると、彼女は――『生』とだけ教えてくれた。

ギャルセン

「仕事で判断に迷ったとき、心の中で〈ご先祖様〉に聞いてみるんですよ」

少し照れながら、並木さんが口にした言葉だ。

彼は現在、スマホアプリを開発する会社の社長をやっている。

ビジネス誌にも何度か取材されたことのある、新進気鋭の若手実業家なのだという。

そんな彼に、「仕事の話はいいから、何か不思議な話は無い?」と聞くと、ちょっと変わった体験談を話してくれた。


「最初にやったのは、会社を立ち上げて、少し経った頃でした。当時、ある事業案に投資するべきかどうか、すごく悩んでいたんです」

投資金額は、四千万円。

まだ起業したばかりの並木さんには、非常に大きな金額だった。

投資が当たれば会社の成長が望めるが、外すと多額の負債を抱えることになる。

社内で何度も議論を重ねたが、最終的には社長である彼の判断に委ねられた。

「ギャンブルみたいな投資でした。本当に、どっちに転ぶか予想がつかなくて。最後の最後で、『ご先祖様、投資するべきでしょうか？』って、聞いてみたんです」

別に仏壇や、墓所に行った訳ではない。

自分の寝室でひとり、心の中で祈っただけである。

が――『いんじゃね？』と、声が聞こえた。

耳で聞くというよりも、心の中に響くような声だった。

その声は、投資を行うべきだと、明確に教えてくれていた。

だが、〈何か……軽すぎない？〉とも思った。

「でも、一応答えてくれた訳だし、事業に投資してみたんです。そしたら、大当たりしたんですよ。会社の経営も軌道に乗りましたし、株も値上がりして」

その後、彼は会社の経営に悩むたびに、〈ご先祖様〉に相談するようになった。

返答は実に多彩で、『ありえなくない？』と止められることもあったし、『よきよき』、『おけまる』と、後押しされたりもした。

『やばたにえん』と言われ、ネットで意味を調べたこともあった。

〈ご先祖様〉の答えは正確で、従いさえすれば失敗をすることはなかった。

だが、なぜ言葉がギャルっぽいのか、理由はわからない。

〈俺の先祖、ギャルなの？〉と疑問に思ったが、それこそあり得ない話である。
「よく考えたら、心の中で聞こえる〈ご先祖様〉の声も、ギャルっぽい気がして……ただ、こればっかりは、調べることもできないですよね」

ある日のこと。
予定していた会議に出席するため、急いでタクシーを拾った。
取引先も交えた重要な会議で、遅れることはできなかったのである。
だが、乗っているタクシーの運転手が、どうにも怪しい。
注意が足りないのか、やたらと急ブレーキが多く、見ていて危なっかしく感じた。
不安になり、遠くに交差点が見えたとき、思わず〈ご先祖様〉に質問した。
『——ってか、ヤバいんじゃね？』
いつも通りのギャルっぽい答えだったが、強い危機感を覚えた。
並木さんは交差点の手前で車を停めさせて、急いで料金を支払った。
運転手は不思議そうな表情を浮かべたが、構わず歩道に降りる。
そして、他のタクシーを拾おうと、道路を見回すと——
ガシャーン！　と、大きな衝撃音が響いた。

見ると、先ほど乗っていたタクシーが、交差点で衝突事故を起こしていた。

「赤信号を無視して、交差点に突っ込んだみたいで。会議に遅刻するどころか、危うく命を失うところでした」

会議には、ギリギリで間に合ったという。


その年の秋口、並木さんは会社の用事で、地方にあるビジネスホテルに宿泊した。

訪問先の会社で打ち合わせをして、翌日には帰る予定の短期出張である。

軽く一杯やり、早めにホテルのベッドで寝ることにした。

その晩に、夢を見た。

――ってか、てめーよ、つっざけんなよっ！　いっつも、頼みごとだけしやがって。マジ、ありえねーからな、っとに殺すぞっ！

夢の中で、散々になじられたという。

怒鳴ってくる人物の姿は――やはり、ギャルだった。

服装までは覚えていないが、学校の制服ではなかったように思う。

いまどきの若い女の子の容姿であることは、間違いない。

だが、初めて見る顔でもあった。

「で、朝になって、気がついたんです。泊まっていたホテルが、親戚が住んでいる村に近いって……そちらが本家なので、先祖代々のお墓があるんです」

その日は九月二十日、彼岸入りの日だったという。

考えると、〈ご先祖様〉に相談することはあっても、墓参りなどしたことがなかった。

「そりゃあ、怒りますよね。偶然とはいえ、先祖の墓の近くまで来ていて、墓参りをするつもりがなかったんですから。それも、お彼岸の日に」

並木さんは会社に帰るのをやめて、本家を訪れることにした。

そして、随分と久しぶりに、墓参りをさせて貰ったのだという。

いまでも並木さんは、困ったことがあると〈ご先祖様〉に相談している。

だが、なぜ〈ご先祖様〉がギャルなのか、その理由はまったくわかっていない。

手甲脚絆《しゅこうきゃはん》

戸村さんが林業に従事するようになって、五十年以上経つ。

最近引退したとはいうが、人生の大半を山で過ごしてきた、根っからの山男である。

そんな戸村さんの趣味は、源流近くでの渓流釣りだそうだ。

気が向くと釣り道具一式を携え、ひとりで山奥へと入ってしまう。

そうなると、まず三、四日は帰ってこないらしい。

「季節さえよけりゃあ、何日いたって同じだよ。釣って、食って、あとは寝るだけ。まぁ、酒が無くなるのは、まずいがね」


数年前のことである。

戸村さんは、奥多摩の深山へと渓流釣りに出掛けた。

以前にも訪れたことのある沢で、滅多に釣り人を見掛けない穴場なのだという。

山麓から沢沿いに上流を目指し、正午過ぎには目的の荒瀬へと辿り着いた。

荒瀬とは、岩石が川面から突き出した、流れの速い渓流部のことをいう。

戸村さんは釣果が望めそうな釣り場に、前もって目星をつけていたのである。
短時間だけ毛鉤《けばり》で釣り、日が傾く前に寝床の用意を始めた。
寝床は、斜面を少し上った平地にシートを敷き、焚火を焚いただけの簡単なもの。
念のため、防水シートを寝床の上に張ったが、今夜は降りそうもない。
拵《こしら》えた寝床の上からは、夕暮れに黒ずむ荒瀬が見渡せる。
〈いまのうちに魚焼いて、食っちまおうか〉
そう思いつつ、川面を眺めていると、川下から誰かが上って来るのが見えた。
足音も立てず〈スーッ〉と流れるような動きで、川辺の岩場を移動している。
辺りが薄暗く、はっきりとは見えないが――髪を結った、女性だと思った。
そのまま女性は、上流へと向かっていった。
「なんだい……ありゃあ?」
暫く、夕闇に沈みゆく渓谷を眺め続けた。

その日の夕飯は、沢で釣ったイワナだった。
三匹ほどを焚火で焼き、あとは僅かな酒で晩酌ができれば、それで十分である。
――夜中、誰かに背中を押されて目を覚ました。

〈熊かっ！〉と焦ったが、そうではない。
熾《おき》になった焚火の薄明かりに、若い女が座っていた。
髪を島田髷に結い、縞柄の着物を纏《まと》った端正な顔の女性である。
どうやらその女が、戸村さんを起こしたらしい。
「お前さん……道にでも、迷いなさったかね？」
戸村さんが聞くと、女は静かに頷いた。
「それならな……」と、戸村さんは里村へ下りる方法を、丁寧に教えてやった。
女はずっと黙ったままで、時折頷くだけだけである。
説明の途中、戸村さんは水筒のコップに水を注ぎ、「飲みな」と差し出してやった。
受け取る女の両手には、白い手甲が履かれていたという。
〈ほう……いまどき、珍しいな〉と感心すると、辺りが一段と暗くなった。
見ると、焚火が消え掛けている。
「ちょっと待ってな」と薪をくべて、再び向き直ると――
女の姿は消えていた。
だが、空になった水筒のコップだけが、地面にぽつんと置かれていた。

二日後の早朝、戸村さんは沢を下った。
山にいる間、再びあの女を見掛けることはなかったという。
無事に下山できたのか気掛かりではあったが、確かめる術はない。
女の装束から察して、近くで時代劇の撮影でもあったのだろうと考えた。
やがて麓の村に近づくと、山道で地元の人とすれ違った。
戸村さんと歳の近そうな老人で、「釣れたかね?」と気さくに声を掛けてくる。
「ぼちぼちだよ」と答えて——女のことを思い出した。
確かめたくなり、「この近くで、映画の撮影でもあったか?」と訊ねた。
「——あぁ、アンタも見たのかい。ありゃあ、幽霊だよ。昔からあの沢に出るんだ。
こんな山奥じゃ、時代劇の撮影なんか来やしないよ」
老人は、笑いながら答えたという。

その後も、戸村さんはあの沢で渓流釣りをしている。
ただ、野宿をする際には、焚火の傍らに一杯の水を置くことにした。
すると翌日、コップの水が空になっているのだという。

お土産人形

「奇妙な話ねぇ……無いこともないけど、聞いてどうするの？」

商用で訪れた取引先の休憩室で、タバコの煙を吐き出しながら吉田さんが言った。

彼女は、この会社の事務に勤めて三十年近く経つ、古株のＯＬである。

＊

ここの事務所にね、芳恵ちゃんって子がいるのよ。

まだ若いんだけど、三年前に結婚して、いま産休中。

でね、彼女の旦那なんだけど、うちの営業マンなの。

割と、噂の多い男でね。新入社員に手を出しただの、不倫しただの。

まぁ、モテるのは確かみたい。

そんなんだから、芳恵ちゃんと結婚したときも、裏でだいぶ揉めたみたいよ。

会社、辞めちゃった子もいたし。

でも、芳恵ちゃんはぜんぜん気にしてない様子だったわ。

彼女もちょっと変わっていて、物ごとに動じないって言うか……割と図太いの。

式の当日も、旦那と噂のあった女の子たちに囲まれて、ニコニコ笑っていたわ。

それでね、芳恵ちゃんが新婚旅行から帰って来て、暫く経った頃のことよ。

ある日ね、彼女のデスクの上に、小さなプラスチックの人形が置いてあったの。

金色の髪に、キューピーちゃんみたいな顔の、可愛らしい人形よ。

だけど、私それを見て、ちょっと嫌な感じがしたの。

霊感があるとか、そんな話じゃないわよ。

ただね、気になったから、彼女に「この人形、どうしたの」って聞いたの。

そしたら「Tちゃんから、お祝いに貰いました」って、嬉しそうに笑ったのよ。

〈――やっぱり〉って、思ったわ。

Tちゃんって、辞めちゃったけど、ちょっと前まで勤めていた子でね。

五年くらい前だったかしら、彼女、あの人形を持って会社に来ていたことがあって。

あの子、仕事場でもその人形を持ち歩くものだから、ちょっと注意したのね。

そしたら、「この人形、タイ旅行で買ってきたんです」なんて言うのよ。

なんでも、現地で買ったらしいんだけど……呪術師って言うの?

人を呪ったりする占い師みたいな人の店で、買ったんですって。

でも、最近は、若い人の間でそういうのが、流行っているんだって。
それでね、どうやらその人形を、芳恵ちゃんにプレゼントしたみたいなのよ。
――Tちゃんってね、以前、芳恵ちゃんの旦那と付き合っていたの。
ちょっと、気持ち悪いでしょ？
でもねぇ、だからって無理矢理に捨てさせることはできないし。
一応ね、「その人形、ちょっと良くないかも」って、教えといたの。
だけど彼女、人形を気に入ったみたいで、平気な様子だったわ。

それでね、半年くらい経った頃だったかしら……嫌な話を聞いたの。
芳恵ちゃん、流産したんだって。
まだ安定期にも入ってなかったようだけど、彼女、相当落ち込んじゃって。
気晴らしになればって、少しお話をしたのよ。
そしたら――「あの人形、捨てました」って、いきなり彼女が言ったの。
聞いたらね、妊娠中、頻繁に夢を見ていたらしくて。
なんでも、夢の中でも彼女はベッドで寝ていたんですって。
でね、気がつくと、あの人形がお腹に乗っかっているって言うのよ。

それで〈ぽこぽこ〉って、お腹を叩いてくるんだって……
ただ、一生懸命に叩いている姿が愛らしくて、気にしていなかったらしいのね。
まぁ、言っても、夢の中のことだし。
でも、暫くしたら、お腹の子が流れちゃって……彼女、ショックだったみたい。
〈お前のせいだ!〉って、人形をごみ袋に投げ捨てたって言ってたわ。
——私ね、それで全部、終わったと思っていたのよ。
人形は捨てられて、そのあとTちゃんも会社を辞めちゃったから。
お腹の子は残念だったけど、彼女はまだ若いしね。

——だけど、暫くして、すごく驚いたの。
芳恵ちゃんが、あの人形を持っているのを、更衣室で偶然見ちゃって。
私ね、「あんたっ、なに持ってんのよっ!」って、思わず怒鳴っちゃったわ。
だけど彼女、「違うんですよ～」なんて、笑っていて。
聞いたら、前に捨てた人形とは、全然別物だって言うの。
休みの日に、偶然にリサイクルショップで同じ人形を見つけたらしくて。
彼女、それ見て〈この人形、量産品なんだ〉って、思ったんですって。

で、やっぱり可愛いから、もう一度手に入れたって言うのよ。
そこが、あの子の変わったところなのよね。
人形が帰ってきたみたいで、普通は気持ち悪いじゃない？
でも、芳恵ちゃんって元々、そういうの信じるタイプじゃないから。
「ほら、可愛いでしょ？」なんて、頭撫でて……さすがに、呆れちゃったわよ。

で、つい最近の話なんだけど、芳恵ちゃん、無事に赤ちゃんを出産したの。
心配してたから私も嬉しくって、彼女の家に出産祝いを持って行ったのよ。
ほんと、玉のように可愛い赤ちゃんで。
芳恵ちゃんも、産後の肥立ちが良いみたいで、安心したわ。
ただ——あの人形が、部屋に飾ってあるのを見掛けてね。
気になったから、ちょっと聞いてみたの。
〈今度はあの人形、夢に出てこなかったのね？〉って。
そしたら彼女、「そんなこと、ないですよ～」って笑ったの。
前に流産したときと同じで、今度もあの人形がお腹を叩いてきたって言うのよ。
ただ今度は「駄目っ！　お腹叩かないでっ!!」って、怒鳴ったらしいの。

そしたら、びっくりした様子で、人形が旦那のほうに逃げたんだって。

〈トトトッ〉って走って、旦那の股間に隠れたらしいんだけど……

そのとき、一度だけ〈旦那のアソコ〉にパンチをしたらしいの。

それから、あの夢は見ていないって、彼女は言ってたわ。

でも、ひとつだけ、気になることがあって。

彼女の旦那、出産の直後に自転車で事故に遭って……片方の睾丸を潰しているの。

それって、偶然だとは思えないでしょ?

だから私、芳恵ちゃんに言ったのよ、「あの人形、やっぱり捨てなさい」って。

そしたら彼女、「大丈夫。今度は『金玉も駄目!』って、怒鳴りますから」

そんなこと、言うのよ。

……なんか私、馬鹿々々しくなっちゃって。

＊

そこまで話すと、吉田さんはタバコを揉み消して、休憩室から出ていった。

「――きっと、あの子、人形に憑りつかれてるのね」

去り際に吉田さんが、忌々しげにそう呟くのを聞いた。

AV男優

先日、行きつけの居酒屋で、現役のAV男優であるTさんと同席した。

明るく、礼儀正しい好青年で、仕事柄なのか、非常に引き締まった体をしていた。

「これじゃ学生時代、さぞモテただろう？」と、やっかみ半分に聞いてみる。

すると彼は、「とんでもない、まったく逆です」と首を横に振った。

そして、こんな話をしてくれた。


「俺、昔から自殺願望が強かったんですよ。何をやってもつまらないし、人生に希望が持てなくて……中学くらいから『自分は、空っぽな人間なんだ』って、ぼんやりと考えてました。そんなだから、友達もいなくて」

人並みに会話はできるし、誰かに疎《うと》まれるような振る舞いもない。

ただ彼は、まったく他人に興味が持てなかったのだという。

例えば、同級生たちと会話をしても、面白いとは感じられなかったのである。

興味のあるふりをして、ただ頷くだけ。

そんなことを続けているうちに、他人との関わりを持つのが面倒になった。

「いま考えると、生きる気力みたいなものが、根本的に足りなかったんです。無気力で、何をやっても長続きしなくて……たぶん、この先の人生もつまらないものになるって、悟ったつもりだったのでしょうね」

暫くして、自宅に引き籠るようになった。

高校も辞め、ただ不安感に苛《さいな》まれるだけの時間を過ごした。

やがて、無力感の中で、強く『自死』を意識し始めたという。

最初は傷跡さえ残らない自傷行為だったが、次第に本気度が増した。

手首を切り、ドアノブに紐を掛け、ビルの屋上から下を覗き込んだりもした。

だが——死ねなかった。

どんな方法を試そうとしても、最後の最後で怖くなるのである。

「まともに生きる勇気もないのに、いざ死のうとすると怖くなるんですよ。でも、心のどこかで『もう、終わらせたい』って気持ちが強くて」

思い詰めたTさんは、かねてから考えていた自殺方法を実行することにした。

旅行バッグにロープを隠し持ち、富士の樹海を訪れたのである。

観光客に紛れて遊歩道に入り、辺りが暗くなってから道を逸れると、手頃な樹木で首を括った。

筆舌に尽くし難い痛みを感じ、意識が朦朧《もうろう》として――

結局、死ねなかった。

無意識にもがいてしまったのか、ロープの結び目が解けてしまったのである。

しかし、もう一度、ロープを括り直す気力もない。

仕方なく、おぼつかない足取りで樹海を出ることにした。

「なんかもう、本当に自分が嫌になりましたよ。死ぬこともできなくて、自分はこんな山奥で何をやっているんだろうって……絶望的な気持ちでした」

懐中電灯は点けなかったが、なんとなく帰り道はわかったという。

すると、下り坂の先で、ぼうっとした光が見えた。

その光は、虚ろに輝きながらも、ゆっくりと坂を上ってくる。

近づくと、それは――薄いキャミソールを着た女性だった。

しかも、一瞬で見惚れてしまうほどの、美人である。

不思議なことに、彼女の体は薄ぼんやりと輝いて見えた。

その輝きの中、女性のふくよかな乳房と、黒々とした股間の茂みが透けていた。

やがて、お互いの視線が交わると、彼女は優しく微笑んでくれたという。

――強烈に、彼女を抱きたくなった。

生きている女でないことはわかっているが、そんなことはどうでもよい。

「でも俺、幽霊だから押し倒そうなんて、考えもしなかったですよ。元々、そういうことができるタイプじゃないんで。ただ……」

どうにかして、彼女を口説き落としたいと願った。

夢中になって、「あのっ、すみませんっ、もし良かったら」と、声を掛けてみる。

が、その途端、女は〈すうっ〉と闇に消えてしまった。

Ｔさんは、再び樹海の暗闇に取り残されたのである。

だが――女を抱きたいという衝動は、消えはしなかった。

女性に対する情欲が沸騰し、まったく我慢ができなくなっている。

〈幽霊に恋をした〉などという、恋愛小説じみた話ではない。

ぶっちゃけて言えば、誰とでもいいから、セックスがしたくて堪らないのである。

「不思議なんですけど、あんなに強い性欲を感じたのは、生まれて初めてでした。まるで、忘れていたものを取り戻したみたいに、セックスに夢中になったんです」

昼夜を問わずナンパに繰り出し、時間が空けば風俗店に通った。

まさに死んでいる暇などないほどに、女性を抱きまくったのである。

精力は、自分でも驚くほど絶倫だった。
幾ら抱いても精が尽きることはなく、性欲もまったく収まらない。
やればやるほど、生きる気力が湧いてくるようだった。
いつしかナンパ仲間が増え、あるとき友人にＡＶ俳優の事務所を紹介して貰った。
――以上が、彼がＡＶ男優になった経緯である。

「俺、性欲って、人間が生きていくために必要な活力だと思うんですよ。もちろん、それだけじゃないって人もいるんでしょうけど……ただ、俺は『草食系』って言葉、大嫌いなんです。あの頃の『死にたがりの自分』を見ているみたいで」
最後をそう締め括ると、Ｔさんは大ジョッキを一気に飲み干した。

千鳥足

伊藤さんは以前、都内のマンションに住んでいた。

独身で、車は持っていなかったが、駐車場付きの二LDKを借りていたという。

だいぶ割高の家賃を払っていたはずだが、当時はそれほど気にもならなかった。

毎晩、残業の続く生活で、それなりに収入が良かったのである。

「あの頃は、景気が良かったんだよ。会社の家賃補助もあったしね」


ある夜、早めに仕事を上がれる日があった。

たまに自宅でゆっくりしようと、まっすぐ帰路に就いた。

だが、マンションへ向かう途中、道の先に女性がいることに気づく。

奇妙な歩き方をする、女だった。

ゆらゆら、ふらふらと、まるで姿勢の定まらない不安定な足取りだったという。

具合が悪いのかとも思ったが、少し違和感があった。

〈酔っぱらっているのかな?〉

変に絡まれるのも嫌なので、だいぶ間を空けて歩くことにした。

しかし、そんな千鳥足《ちどりあし》につき合っていれば、自然と歩みが遅くなる。

それでも〈マンションさえ通り過ぎれば〉と、ゆっくり歩いた。

だが――女は、伊藤さんのマンションの前で折れ、エントランスに入ってしまった。

〈えっ！　あいつ、うちのマンションの住人かよ？〉

慌ててエントランスを覗き込んだが、すでに女はいなかった。

見ると、エレベーターの階数表示が上へと点滅している。

どうしようかと、迷った。

「どういう訳か、すごく嫌な胸騒ぎがしたんだ。下手にエレベーターに乗ると、あの女と鉢合わせしそうな気がして」

伊藤さんは、エレベーターの反対側にある階段を使うことにした。

自宅は五階だが、逃げ場のないエレベーターより安全だと考えたのである。

足を忍ばせながら上ると、五階のエレベーターホールにあの女がいた。

なぜか女の服が、べったりと赤く染まっており――

階段を、全力で駆け下りて逃げた。

「血で、濡れているように見えて。もしかしたら、誰かの返り血じゃないかって思ったら、怖くなってね……慌てて、警察に電話したんだよ」

予想したよりも早く、警察官が駆けつけてくれたという。

事情を説明すると、「調査しますので、外で待っていて下さい」と言われた。

「三十分くらいかかな、警官が色々調べてくれたんだけど、結局見つからなかったよ。一応、安全が確認されたというので、部屋に戻ったんだ」

その際、「今度、不審者を見掛けたら、すぐに通報して下さい」と言われた。


それから三日ほど過ぎた、ある晩。

久しぶりに会社の飲み会があり、伊藤さんはだいぶ深酒をしたという。

酔っぱらって、上機嫌でマンションに向かった。

その途中――また、あの女がいた。

前回と同じに〈ゆらゆら〉と、妙な千鳥足で夜道を歩いている。

そのとき、伊藤さんは〈女の顔が見てみたい〉と、興味を抱いたという。

酔った勢いもあり、気持ちが大きくなっていたのである。

〈揉めたら、逃げればいいや〉と高を括って、女の横に並んだ。

だが――自分の考えが浅はかだったと、思い知ることになった。

女は、酔っているのではなかった。
関節という関節が――すべて、逆方向に曲がっていたのである。
肘は真反対に折れ、両膝は裏側に捻《ねじ》れている。
出鱈目《でたらめ》な方向にひしゃげた爪先が、何とも痛々しく見えた。
すると女は、不自然に首を曲げ、目蓋《まぶた》の裂けた瞳で伊藤さんを睨んだ。
思わず「ひぃっ！」と、悲鳴を上げた。
やがて、その女は「お前じゃ……ない」と呟いて、暗闇に消えていった。
訳がわからず、伊藤さんは呆然とその場に立ち尽くしたという。

翌朝、伊藤さんはようやく帰宅した。
ひとりで部屋に戻るのが怖くなり、近くのファミレスで一晩を過ごしたのである。
明るいうちに寝てしまおうと、急いで寝間着に着替えたという。
すると、部屋のチャイムが鳴った。
〈朝っぱらに、何だ？〉とドアを開けると、警察官が立っていた。
その後ろには、私服刑事が控えている。
「何か、すごく鋭い目で、俺のことを睨んでいたよ。でね、その刑事が『○月○日に、車を運転しましたか?』って、訊ねてきたんだよ」

まるで素っ頓狂な質問に、思わず「――はぁ?」と、声が漏れた。

刑事が言うには、五日ほど前に、このマンションからだいぶ離れた場所で、轢き逃げ事件があったのだという。

そのとき防犯カメラに撮られた車のナンバーから、この部屋が割り出されたらしい。

つまり、警察は伊藤さんを犯人だと疑っていたのである。

「詳しく話を聞いたらさ、その車のナンバーを取るのに使われた車庫証明に、当時、俺が借りていた駐車場の住所が書かれていたみたいなんだよ」

だが、伊藤さんは免許を持っておらず、もちろん車を買ったこともない。

まったく、身に覚えが無かったのである。

そう説明すると、刑事が少し語気を緩めた。

どうやら、伊藤さんが免許を持っていないことは、最初から調査済みだったらしい。

だとすると、〈一体、誰が無断で車庫証明を使ったのか〉という話になる。

「これって、駐車場の管理の話ですよね。だったら、マンションの管理人に聞いて貰ったほうが早いと思いますよ。大家さんが、管理人をやっていますから」

伊藤さんはそう言って、大家の連絡先を教えてやった。

——犯人は、大家だった。

大家が勝手に車庫証明を作り、ナンバープレートの取得に利用していたらしい。

そのうえ、轢き逃げを起こした当日、伊藤さんの駐車場で車を洗ったのだという。

丁寧に血を洗い流した後で、車を修理に出していたのである。

それを聞いた伊藤さんは、数日後、マンションを引っ越すことにした。

このマンションを仲介した不動産屋に事情を説明し、もっと条件の良い物件を探して貰ったのである。

敷金礼金は、すべて返して貰ったという。


「いま考えると、あの女は大家のことを探していたんじゃないかって、思うんだ……きっと自分を殺した相手に、仕返しをするつもりだったんじゃないかな？　ただ、何で俺のところに来たのかは、よくわからないんだが」

後で聞くと、轢き逃げに遭った女性は、ほぼ即死の状態だったらしい。

ニューゲーム

神田さんが勤めているゲーム制作会社は、現在、困った状況にある。

大変な、人手不足なのである。

決して、給料や待遇が悪い訳ではない。

随分前から、雇用面では他社よりも好条件を整えてきたつもりだ。

だが、アルバイトで雇ったデバッガーは、大半がひと月も待たずに辞めてしまい、正規雇用した新人でさえ長続きはしない。

理由は至極単純――子供の、幽霊が出るからである。

特にデバッグ室での目撃例が多く、アルバイトの寄り付かない原因となっていた。

「うちの会社、通常は二交代制でデバッグを進めるんだけど……大抵、夜勤で入ったアルバイトが辞めちまうんだよ」

深夜、デバッガーがテストプレイをしていると、肩越しに子供が覗くのだという。

年齢は小学校低学年か、幼稚園児くらい。

ゲームを覗きにくるだけで、それ以上のことはない。

だが、その子を目撃したアルバイトは、大抵、気味悪がって辞めてしまうのである。

「でね、いま一番困っているのが、石田って奴なんだよ。そいつ、優秀なプログラマーなんだけどさ、つい最近デバッグの手伝いに回ったんだ。そうしたらさ……」

デバッグを始めて数週間後、急に会社に来なくなった。

無断欠勤が続いた挙句、本人から「会社を辞めたい」との連絡がきたのだという。

聞くと、すでにマンションを解約し、北海道の実家に戻っているらしい。

神田さんは強く復職を勧めたが、頑《かたく》なに拒まれたそうだ。

会社を辞める理由さえ、語ろうとはしなかった。

とりあえず彼を休職扱いとして、暫く待ってみることになった。

「でね、こないだ北海道で地震があっただろ？　結構デカいの。あのとき、ちょっと石田に電話してみたんだよ。安全確認も含めてさ」

幸いなことに、石田さんの実家は無事だったそうだ。

ついでという訳でもないが、神田さんは再度、復職を勧めてみたという。

「子供が、こっちにまで来てるんすよ。デバッグ室のお札、剥がしてくれませんか？」

石田さんが、そんなことを言った。

意味がわからず、神田さんは詳しい話を聞くことにした。
石田さんが、まだ会社にいたときのことである。
夜中、デバック作業をしていると、肩越しに子供が覗いてきた。
ただ、噂は聞いていたので、さほど驚きもしない。
とは言え、コイツのせいでアルバイトが雇えないと思うと、腹が立ってきた。
そのため石田さんは、幽霊を退治してしまおうと考えたらしい。
神社でお札を買ってきて、ＰＣケースの内側に貼り付けてやったのである。
それも〈ここのは御利益がある〉と、評判の良い神社のお札を選んだ。
効果は、すぐに現れたという。
デバッグ室に、子供が姿を見せなくなったのである。
他の社員たちには黙っていたが、石田さんはとても満足したという。
これで小憎たらしい餓鬼を見なくて済むと思うと、清々したのである。
——その数日後、石田さんは久しぶりに彼女とデートをした。
買い物をして、食事に行き、ふたり一緒に石田さんのマンションへと戻った。
夜も深くなり、彼らがベッドで睦《むつ》み合っていると——

「ぎゃーーーーーっ！」と、突然彼女が叫び声を上げた。

正常位で抱いていた石田さんは、驚いて体を仰け反らせた。

彼の肩越しに、あの子供が横たわる彼女を覗き込んでいた。

だが、横目で見た子供の顔は、〈にちゃっ〉と嗤う老人のようにも見えたという。

石田さんを突き飛ばし、彼女が全裸で寝室から飛び出していった。


「石田の奴、お陰で彼女にフラれたってボヤくんだよ。でも考えたらさ、確かに最近、幽霊が現れなくなっていてね……で、試しにPC開けたら、お札が貼ってあったよ。あれって、子供が行き場を失くして、石田について行ったたってことなのかな？」

神田さんは約束通りに、お札を剥がしてやることにした。

すると再び、デバッグ室に子供の幽霊が現れるようになったそうだ。


いまのところ、石田さんが職場に復帰する様子はない。

いざ　鎌倉から

先日乗った都内のタクシーで、こんな話を聞いた。

井原さんはタクシー会社に勤めて二十年になる、ベテランの運転手である。事故歴がなく、優秀なドライバーでもある彼は、ここ数年、会社から新人運転手の指導員を頼まれることが多いのだという。

「助手席に同乗して、稼働しながら指導するんです。お客さんを拾える場所だとか、タクシー乗り場で待機するときの、ルールを教えたりすることが多いですね」

つい最近のこと。

岡本さんという、新人の男性運転手の研修指導を行うことになった。

履歴書に目を通すと、タクシー運転手に必要な資格は、すでに取得しているらしい。

だが、指導する当日になって、驚いた。

岡本さんが、化粧をし、スカートを履いて出社してきたのである。

「彼、ＬＧＢＴだったんですよ。心は女性っていう、あれです。読み直してみたら、ちゃんと履歴書にも書いてあって」

ＬＧＢＴの社員を指導するのは、初めての経験だった。

だが、昨今の社会通念を鑑みれば、性的指向の違いをとやかく言うことはできない。

また、運転手という仕事柄、多種多様な人々と接することにも慣れていた。

「最初は少しドギマギしましたけど、とりあえず彼に運転させて、新宿界隈を回ったんですよ。そうしたら、昼過ぎに二丁目の辺りで、お客さんを拾いまして」

鎌倉へ行ってくれ、と頼まれた。

一応、新人の研修中だと断りを入れて、頼まれた場所へタクシーを走らせた。

高速道路を使って目的の場所に到着すると、無事料金を受け取った。

「最初から長距離客とは、幸先が良いな。運転も上手いし、中々なもんだ」

井原さんが褒めると、岡本さんは嬉しそうに「じゃ、戻りましょう」と微笑んだ。

だが、暫く一般道を走っていると、歩道で手を振る人影が視界に入った。

客かと思い、目を凝らして〈ギョッ〉とした。

――落ち武者だった。

ざんばら髪を血で濡らした落ち武者が、歩道で手を振っていたのである。

「あれって、乗せたほうが良いんですかね?」と、岡本さんが聞いてきた。

「いや……ここは、うちの営業区域じゃないから、乗せられないよ」

そう言って、乗車拒否をさせた。

道路運送法に従ったというよりも、単に落ち武者を乗せるのが嫌だったのである。

「でも、さすがにテレビ撮影か、舞台役者だと思ったんですよ。まだ、外も明るかったし……鎌倉で落ち武者の幽霊というのも、でき過ぎているというか」

だが、落ち武者の前を過ぎた辺りから、どうにも車内の空気が重い。

岡本さんも妙に黙ってしまい、必要なこと以外に言葉を交わさなくなっていた。

「あのぅ……止まったほうが……良いですかね？」

東京との県境に近づいた辺りで、急に岡本さんが聞いてきた。

しかし、近くに客がいる様子は無く、車を止める理由が見つからない。

彼の質問には答えず、そのまま営業所に戻るよう指示をした。


それから暫く経った頃に、営業所で妙な噂を聞くようになった。

なんでも、一台のタクシーの後部座席に、落ち武者が乗っているというのである。

すでに所内の数人が目撃しているらしく、客からの通報も受けているという。

岡本さんが、使っている車だった。

「思い当たるふしがありましたから、気にしていましたよ。ただですね、それとは別に……その頃、岡本くんにとって、もうひとつ良くない話が持ち上がっていまして」

営業所の所長が、岡本さんを解雇する意向であると、伝え聞いたのである。

理由は単純で、〈女装した男性社員を、近所に見られたくない〉ということらしい。

「でも、仕事中は制服ですし、『別にいいじゃないですか』って所長に言ったんです。だけど、所長も古い人だから……LGBTそのものが、気に食わないみたいで」

どうやら、すでに人事部にも通達してあるようで、「もう、決まったことだから」と、井原さんの抗議に耳を貸す様子はなかったという。

だが、それから一ヵ月ほどが過ぎても、岡本さんは解雇されなかった。

それどころか、所長が「岡本くん、頑張って」と、妙に応援したりしている。

つい先月まで〈クビにする〉と強弁《きょうべん》していた姿とは、正反対の豹変ぶりだった。

不思議に思った井原さんは、直接、所長を問い質してみたという。

すると所長は渋りながらも、ぽつぽつと理由を説明し始めた。

「最近、夢に血塗れの武士が出てくるんだよ。でさ、『あの若者には世話になった。どうか、取り立ててやって欲しい』って頼んできて……怖いし、断れなくてさ」

どうやら、武士が言う若者とは、岡本さんのことらしい。

まさかとは思ったが、怯えた目をした所長の言葉に、嘘は感じられなかった。

「それで、岡本くんにも事情を聞いてみたんです。元々、私も鎌倉で落ち武者を見ているし……無関係だとは思えなくって」

——あのときの落ち武者を、先日、川崎まで送ってきたんですよ。

岡本さんが、笑いながら答えてくれた。

「研修のとき、鎌倉で落ち武者が手を振ってたじゃないですか。あのとき、いつの間にかタクシーに乗ってきていたんです。で、『〇〇寺まで行ってくれ』って頼まれて」

なんでも落ち武者は、研修後もずっと後部座席に居座っていたらしい。

うざったくなり「じゃあ、私の車で送ってあげるから」と、休日に自家用車を使って、川崎にある〇〇寺まで運んでやったのだという。

目的地に着くと、落ち武者は丁寧にお礼を言って、姿を消したという。

「あれは、恩返しなんですかね。武士だし、義理堅いのもわかる気がしますが……岡本くんは、元気にやってます。彼は、きっと良い運転手になるんじゃないかな」

そう言って、井原さんは嬉しそうに笑った。

ストリップ劇場

先日、知人からエリカさんという女性を紹介して貰った。

聞くと、インストラクターとしても有名な、プロのポールダンサーなのだという。ポールダンスに強い情熱を抱いている彼女は、その魅力を広く世間に知って貰うために、日夜努力を続けているそうだ。

「セクシーな舞台だから男性客が多いんだけど、最近じゃ、女性もステージを観に来てくれるの。男性客より、多いときだってあるくらいよ。ひと昔前は、ストリップと同列に扱われていたから、だいぶ変わったわよね」

そう嬉しそうに言うエリカさんから、こんな体験談を聞いた。


つい、昨年のこと。

エリカさんは自分の店を開くため、幾つかの不動産会社を訪れたという。

「定期的にポールダンスを披露するためには、やっぱり自分で店をやるべきじゃないかと思って。どこかに良さそうな物件がないか、探していたの」

彼女にはパトロンがついており、その男性が資金面の面倒を見てくれる。

ただ、都内には数軒、ポールダンスのショーを見せる店があり、それらと競合するのは避けたかった。

また、海外からの観光客を取り込みたいとも考えていた。

「それで色々と探したら、千葉に一軒、ちょうどいい感じの空き店舗が見つかったの。聞いたら、以前はストリップ劇場だったらしいけど、かなり昔に潰れたんだって」

早速、不動産屋に案内して貰った。

現地で直接見てみると、かなり建屋が老朽化していることがわかった。

どうやら長い年月、借り手がつかなかったらしい。

内部には、ストリップの舞台が残ったままだった。

レトロな雰囲気の演芸場だが、さすがに痛みが目立っている。

それでも敷地面積は広く、リフォームさえ行えば集客が望めそうな印象を受けた。

もし、賃貸契約を結ぶのであれば、基礎部分の修復を含めた相応なリフォーム代を、オーナー側も負担してくれるという。

「悪くない話だと思ったわ。もちろん、リフォーム費用は交渉次第なんだけど、建屋がだいぶ古くなっていたから、それなりの負担を要求できそうで」

エリカさんは、そこの空き物件を借りようと考えた。
パトロンの男性も、提示された条件に異存はないという。
ただ、「遅い営業なんだから、夜にも内見しておいたら？」と、助言を貰った。
言われてみれば、もっともな話だった。
夜の営業を想定していながら、その時間帯には内見をしていなかったのである。
「深夜にならないとわからない部分もあるから、見ておいて損はないかなって」
不動産屋に鍵を借り、夜にその空き店舗へ行ってみることにした。

その夜、空き店舗に到着したときには、すでに日付が変わっていたという。
出演している夜のステージが押してしまい、店を出るのが遅れたのである。
「近所の雰囲気も、悪くないんじゃないか？」
同行してくれたパトロンが周囲を見渡しながら、店の鍵を開けてくれた。
エリカさんはドアを潜ると、早速、照明のスイッチを入れた。
内見用に不動産屋が用意してくれた、仮設の照明である。
店の中にはまず前室があり、その奥がストリップの演芸場になっている。
簡単な会計カウンターがあるが、仕切り板が外れていた。

前室を抜け、演芸場のドアに手を伸ばした。

そのとき——微かな、笑い声を聞いた。

そして、何かの音楽。

「ねえ、何か聞こえない？」と、パトロンに聞いた。

だが、彼は「いや、別に聞こえないが……」と、様子を窺いながら答えた。

「でも、確かに笑い声が聞こえたの。囃《はや》し立てるみたいな、そんな声よ。だから、近くの店の騒音が伝わってるんじゃないかって……そんな風に思ったの」

エリカさんは埃っぽい客席を通り抜けると、舞台に上がってみたという。

床が古いので止められていたが、やはり、この場所から観客席を眺めておきたいと、以前から考えていたのである。

だが、舞台の中央に立った途端に、照明が落ちた。

一瞬で店内が真っ暗闇になり、何も見えなくなる。

「うわっ、ブレーカーが落ちたな。危ないから、ちょっと待っててくれ」

スマホで床を照らしながら、パトロンが演芸場から出ていった。

エリカさんは舞台上で、照明が再び灯るのを待つことにした。

観客席の床に廃材が無造作に置かれていたのを、思い出したのである。

そんなところを下手に歩いて、怪我をするのは避けたかった。
すると、「……あははは」と、また声がした。
近くの観客席で、誰かが笑っているようだった。
だが、スマホの照明をかざしてみても、暗闇を見通すことはできない。
やがて、舞台のどこかで「ひぃ、ひぃ」と、喘ぎ声が聞こえ始めた。
女性の泣き声とも、嬌声ともつかない声だった。
ついに我慢ができなくなり、「誰かいるのっ！」と大声で叫んだ。
怖さを紛らわそうと、無理に虚勢を張ったのである。
すると、観客席から一斉に〈どっ〉と笑い声が弾けた。
「一体……何なの？」と、数歩、舞台を後退って――
〈ドンッ〉と、背中に何かがぶつかった。
反射的に振り向いて、スマホの照明を向けた。
目の前に、宙に浮いた足があり――
見上げると、舌をだらりと垂らした、少女の顔が見えた。
「ぎゃぁぁぁーーーっ！」
舞台から転げ落ちるようにして、エリカさんは逃げたという。

散乱した廃材が体を掠ったが、構ってなどいられなかった。

死に物狂いで演芸場を出た直後、店内に照明が灯った。

「どうしたっ！　何かあったのか？」

前室の奥にある配電盤を調べていたパトロンが、心配して駆け寄ってきた。

ほっとした彼女は、ドアにもたれて、その場にへたり込んだという。

パトロンが、訝しげに演芸場を覗き込んだが、何も見えない様子だった。

「もう、帰りましょう」と立ち上がって、彼女は一度、演芸場を振り返ってみた。

目の前に、少女の顔があった。

眼球が膨らんで、いまにも眼窩《がんか》から零《こぼ》れ落ちそうな顔だった。

『絶対に、許さない』

耳元で声がして、彼女は完全に気を失った。


「物件を借りる話は、すぐにキャンセルしたわ。不動産屋が不満そうだったから、思わず『あんなお化け屋敷、借りられない！』って、怒鳴っちゃたわよ」

その後、エリカさんは何人かの知り合いに、この体験を話してみたという。

すると、ストリップの踊り子をやっている友人が、あの店のことを知っていた。

彼女の話では、あのストリップ劇場は、昭和の時代に流行っていたのだという。

だが、裏では相当に悪辣なことをしていたらしい。

なんでも、人身売買紛いに地方の少女を連れて来て、ストリップの踊り子に仕立て上げていたのである。

舞台では「まな板ショー」と呼ばれる、本番行為までやらせていたらしい。

そのうち、踊り子の中に自殺者が出た。

何も知らずに舞台でショーを強要され、その晩、舞台で首を括ったというのである。

その後、踊り子の幽霊が現れるとの噂が立ち、店は潰れたのだという。

「彼女、ストリップの先輩から聞いたって言ってたわ。でも、業界では有名な話みたい……ホント、内見しておいて良かったわよ。危うく、契約するところだったわ」

現在も、エリカさんは手頃な物件を探している。

ただ、前回のことがあるので、だいぶ慎重にはなっているそうだ。

肉襦袢

つい先日、古くからの友人である竹下さんと、小料理屋で会食した。

その折に、何げなく「最近、不思議な体験談を集めていて」と話してみた。

すると彼は、「キミはまた、変なこと始めたんだな」と、興味深げに頷いた。

そして神妙な面持ちで、こんな話を聞かせてくれた。


竹下さんは現在、とある会社の地方支店で、営業部の課長に就いている。

勤続二十五年のベテランだが、その支店に配属されたのは十年ほど前である。

「元々、東京生まれだからね。転勤の辞令を受けたときは、抵抗を感じたよ。でも、会社には愛着があったし、いまさら転職ってのもね」

転勤したばかりの頃は役職もなく、部署内で人間関係を築くのに苦労した。

土地柄なのか、〈よそ者〉に対する扱いが悪く、皆が中々胸襟《きょうきん》を広げてくれない。

それでも竹下さんは努力を重ねて、次第と部署に溶け込んでいったのである。

「特に困ったのが、経理部長だった藤崎でね。四十路《よそじ》の未婚女性だったんだが、事務所の古株でさ。彼女の機嫌を損ねないように立ち回るのは、しんどかったよ」

まるで事務所の顔役のように振舞う藤崎さんを、彼は最初、訝しく思ったそうだ。

調べてみると、どうやら彼女の親族が、重要取引先の重役に就いているらしい。

そのため支社長を含め、社員全員が彼女に気を使っているようだった。

「彼女、何にでも嘴《くちばし》を突っ込んじゃ、ネチネチ社員を叱るんだよ。でも、俺が知ってる限りじゃ、会社の役に立っているように見えなかったなぁ。だって、営業の会議で経理部長が訓示垂れるなんて、どう考えたって変だろ?」

彼女の不興を買い、退職に追い込まれた社員もいたらしい。

いまならパワハラで訴えられそうな話だが、そうはならなかった。

重要取引先に顔が利く藤崎さんに、異を唱えられる者がいなかったのである。


半年後、ちょっとした変化があった。

梅沢という新入社員が、営業課に配属されてきたのである。

小柄ではあったが、容姿が整い、清涼感のある好青年だったという。

「俺のときとは打って変わってさ、随分と持て囃されてたよ。そりゃあ、若くてイケメンだからね……ただ、可哀想なことに梅沢の奴、藤崎に気に入られちまって」

〈目を掛けられた〉という言葉では足りないくらいに、彼は可愛がられたのだという。

何をするにも、藤崎さんが甲斐甲斐しく世話を焼いた。

彼女が選定した得意客の担当に入り、業績の悪い顧客からは遠ざけられた。

そのため、彼の営業成績は、入社一年目にして大変優秀だったという。

当然、それをやっかむ社員もいた。

しかし、支店にいる大半の社員は好意的に捉えていたという。と言うのも、彼が入社してから、藤崎さんが癇癪《かんしゃく》を起こさなくなったのである。

実際、竹下さんは〈アイツ、上役を上手く転がすなぁ〉と、感心していたという。

「ただ、ちょっと気にはなっていね。梅沢と一緒に客先回りをしたときに、聞いてみたんだよ。『お前、ストレスが溜まっているんじゃないか?』ってさ」

だが、梅沢さんは言葉を濁して、苦笑いを浮かべるだけだった。


それから一年ほど経ち、梅沢さんは新しい企画のリーダーに任命された。

一方で、その頃から藤崎さんが、急激に太りだしたのだという。

噂では、毎晩のように梅沢さんを誘い、飲食に繰り出しているとのことだった。

元々、彼女は身長が高く、体格も大柄な女性である。

それに加えて体重が増加したことで、いままで以上に威圧感も増していた。

だが、彼女の梅沢さんに対する偏愛ぶりは、微塵も変わりはしなかった。

ことある毎に「梅沢く～ん♪」と、機嫌の良い猫なで声を出していたという。

だが――あるとき彼女は、突然倒れて入院した。

急性の心不全と診断されたが、他の内臓器官も相当に弱っていたらしい。

上役の何人かが見舞いに訪れたが、面会を断られた。

「最初は、すぐに退院すると思っていたんだけど、入院が一ヵ月を越えると、さすがに心配になってきたよ。それに、梅沢のことだけどさ。仕事の後ろ盾を失って、さぞ落ち込んでいるのかと思ったんだが……案外平気な顔で、仕事に打ち込んでいたよ」

梅沢さんが、見舞いに行ったという話も聞かなかった。

いままでの経緯を知っているだけに、竹下さんは違和感を覚えたという。

そこで梅沢さんを居酒屋に誘い、直接に話を聞くことにした。


その晩、暖簾を潜った店は、他に客がいなかった。

カウンターに並び座って、適当な酒の肴で一杯やった。

――あのババァ、いい加減、しつこいんすよ。早く死にゃあいいのに。

酔った梅沢さんが、臆面もなく愚痴を吐いた。

そして、隣に座る竹下さんの顔を、胡乱《うろん》な目つきでねっとりと睨んできたという。

「アンタだって、俺のことをツバメだと思ってんだろ。冗談じゃない、こっちはアンタらの身代わりになって、ババァの機嫌を取ってんだ。そのせいで、どれだけ苦労しているか。今日だって『見舞いに来い』って、何度もメールが送られてきて……」

悪口雑言を並び立てる後輩に、竹下さんは何も言い返すことができなかった。

彼が吐き捨てた言葉には、大凡《おおよそ》の真実が含まれていたからだ。

いまさら、何を言っても〈取り繕えない……〉と思った。

すると、梅沢さんは悪戯っぽく微笑みながら、こんなことを呟いた。

「――太らせたの、俺なんすよ。わざと重たいモンばっか、喰わせてたから。あの人、最近ブクブク太ってきたでしょ？　でも、誘ってくるのは、あっちだから」

そう言って、水割りを飲み干すと――急に、梅沢さんの動きが止まった。

竹下さんも、体を強張《こわば》らせながら耳を澄ませた。

どこからか、人の声が聞こえた気がした。

〈なんで、きてくれないの……？〉と、か細く弱々しい声――

藤崎さんの、声だった。

だが、彼女は入院中であり、そんなことはあり得ない。
「ねぇ……なんでこないのよぉ？」
背後を振り向いたが、誰もいない。
冷たい汗が背中に流れるのを感じながら、梅沢さんに向き直った。
梅沢さんが、泣いていた。
正面を向いたまま、「助けて……助けて下さい」と声を震わせている。
その横顔が、どこか妙だった。
ぶよぶよとした薄いピンク色に、包まれているように見えた。
「なんだ、これは？」と後退って――『藤崎さん』と目が合った。
泣いている彼の顔上に、彼女の下膨れた顔があった。
いや――それは藤崎さんであって、藤崎さんではない。
彼女の体は葛餅のように半透明で、異様なほど大きくなっていた。
蛍光灯の明かりに、膨張した体がピンク色に透けていた。
――その中に、梅沢さんの体がすっぽりと飲み込まれていたのである。
まるで彼が、ピンク色の肉襦袢《にくじゅばん》を纏っているように見えた。
「お願いだから、助けて……」

子供のように泣く梅沢さんを残して、竹下さんは店から逃げ出した。

翌日、竹下さんは高熱を発し、三日ほど会社を休んだという。

ようやく熱が引いて出社すると、梅沢さんの姿が見えない。

聞くと、先日父親から「仕事を辞めさせる」と、電話があったのだという。

本人も出社してこないので、取り敢えず人事課が対応したようだった。

それから程なくして、藤崎さんが退職されるとの連絡が入った。

「入院がさらに長引きそうだという話でね。別に死んじゃいなかったんだが……結局、あのとき見た半透明の彼女が何だったのか、よくわからないんだよ」

その後、あのふたりと直接、会ったことはない。

ただ一度だけ、梅沢さんからメールが送られてきたことがあった。

件名欄には、「僕たち、結婚しました」と書かれていた。

開けてみると、ひとりでカメラに向かってピースサインをする男が写っている。

タトゥーと、ピアスだらけの〈滅茶苦茶〉な顔だったが——

間違いなく、梅沢さんだった。

「メールも、それっきりだったなぁ。あいつ、どうしちまったんだか。それに、『僕たち』って書いてあったのも、何か気味悪くてね」
写真は、メールごと削除してしまったという。
「正直、二度と関わりたくない」と、竹下さんは溜息混じりに呟いた。

フォロウィング

先日、誘われて出席したカラオケの集いで、神田さんという女性と知り合った。

都内に住む既婚の女性だが、聞くと、怪談や心霊現象に興味があるのだという。

色々と雑談をするうちに「そう言えば、私も……」と、こんな話を教えてくれた。


「友達に、香澄ちゃんという子がいるのね。すごく活動的な女性で、独学でエステティシャンの資格を取って、いまはエステサロンを開業してるんだけど」

その香澄さんから、数年前に妙な相談をされた。

彼女が、エステサロンを開業する数ヵ月前のことである。

「いきなりね、『除霊とか、お祓いができる人を紹介して欲しい』って頼まれたの……彼女、私がそういうことに詳しいって、知っていたみたい。でも、彼女は幽霊とかを信じるタイプじゃなかったから、ちょっと意外に思えて」

なぜ、彼女がお祓いを受けたいのか、その理由を訊ねてみることにした。

拝み屋を紹介するツテはあったが、事情を把握せず丸投げはできなかったのである。

「ここ二ヵ月くらい、ずっと後ろをつけられているような気がするの」
香澄さんが、覚悟を決めたかのように話し始めた。
なんでも彼女が外出すると、誰かが後ろについてくる気配を感じるらしい。
振り向いても人影は見当たらないが、何者かの視線は感じる。
日を重ねるごとにその気配は濃くなり、徐々に近づいてきている感覚もあった。
だが、何をしたら良いのかわからない。
神社で適当にお守りを買ってみたが、無駄だった。
あるとき、こんなことがあった――
香澄さんが、自宅のマンションで料理を作っていると、玄関のチャイムが鳴った。
当時、交際中だった彼氏を呼んで、昼食を振舞う約束をしていたのである。
香澄さんは玄関に向かって、「勝手に入ってーっ！」と声を上げた。
ちょうど炒め物を始めたばかりで、手を離すことができなかった。
彼氏には部屋のスペアキーを渡してあったので、無理に出迎える必要もない。
やがて、ドアが開く音が響き、リビングの床を踏む足音がした。
料理を皿に盛りつけて「じゃあ、運んでくれる？」と、リビングへ話し掛けた。

が——返事がなかった。

「ちょっと、なにしてんのよ？」と覗いたが、彼氏がいない。

どこに行ったのかわからずに首を傾げていると、再びチャイムが鳴った。

インターホンを繋ぐと、画面の中に彼氏が立っている。

〈じゃあ、さっきのは……？〉

怖くなって彼氏に事情を話すと、「泥棒かもしれない」と部屋中を探索してくれた。

だが、不審者を見つけることはできなかった。

念のため、ひとつ前のインターホンの録画映像を確かめてみると、画面に誰も映っていなかったという。

——この出来事があってから、部屋の中でも気配を感じるようになった。

リビングで寛いでいると、部屋のどこかから足音がする。

風呂場の曇りガラスに、人影が過ることもあった。

もちろん、香澄さん以外に人はいない。

真夜中に目が覚め、ベッドに真っ黒な人影を見たとき——我慢の限界となった。

そして、色々と悩んだ挙句、神田さんを頼ることにしたのである。

「さすがに、『危ないな』って思ったのよ。だって、徐々に霊現象がエスカレートしているでしょ。このままじゃ、取り返しがつかなくなりそうな気がして」

神田さんは、オカルト関係に詳しい数名の友達に頼んで、除霊をお願いできる拝み屋を探して貰うことにした。

その中にひとり、〈この人なら〉という人物がいたので、香澄さんに連絡先を伝えてあげたという。

数日後、香澄さんに再び会うと、「上手くいったわ」と感謝された。

お祓いを受けた直後から、いままで感じていた気配が完全に消えたのだという。

妙な現象も収まり、やっと普通の生活に戻れると、彼女は安堵の表情を浮かべた。

だが、拝み屋のことを訊ねてみると、途端に嫌そうな顔をした。

「あの拝み屋、除霊はして貰ったけど……ちょっと、酷くない？」と、悪態を吐いた。

どうやら謝礼として、かなりの金額を請求されたらしい。

そのうえ、彼女はお祓いを受けた後に、拝み屋からかなり叱られたようなのだ。

〈高い謝礼を取っておきながら、何で怒られなくちゃならないの？〉

それが、彼女の言い分だったのである。

「でも、ちょっと変だと思ったのね。その拝み屋さん、決して霊感商法じゃないって調べてあったし……第一、拝み屋から怒られるのって、何なのかと思って」

神田さんは、彼女が叱られた原因を詳しく聞いてみることにした。

——数ヵ月前、香澄さんは人体の解剖をしていた。

場所は、南国のとある国。

もちろん、香澄さんは医学生ではないし、望んでも解剖などできる訳がない。

だが彼の地では、金さえ積めば、裏で死体を自由に弄らせる組織があるのだという。

当時、エステサロンの開業を目指していた香澄さんは、知人である業界の大先輩から、〈人体解剖を目的としたツアーがある〉と、誘われたらしいのだ。

「エステやるなら、人体について深く学んだほうが良いって、アドバイスされたんだって……でも、馬鹿じゃないかと思って。遊び半分で死体解剖しに行って、それで憑りつかれたんじゃ、自業自得でしょ？　そりゃ、拝み屋も怒るわよねぇ」

聞くと、香澄さんのエステサロンは評判が高く、経営も順調なのだという。

家庭も順風満帆で、結婚した彼氏との間に一児を儲けているそうだ。

虚のあるマンション

現在は独立しているが、冨野さんは以前、とあるデザイン事務所に勤めていた。

工業系のデザインを専門に制作する会社で、都内のマンションに二部屋を借りて、営業をしていたという。

「それがさ、関係者の間では幽霊が出るって噂のマンションでね。特にスタッフの連中は、本気で信じていたよ。まぁ、僕は見たことないんだけどね」


例えば仕事中、事務所の壁を〈ドンドン〉と叩かれることがある。

書類置き場にしている浴室から、女性の悲鳴が聞こえてくることも度々あった。

だが、確かめに行ったところで、誰もいやしない。

また、事務所で残業をしていると、何度も袖や裾を引っ張られたという。

あまりに頻繁するため、慣れてきてしまい、誰も怖いと感じなくなるほどだった。

一方、彼らがもっとも嫌がったのは、仮眠室だった。

残業で遅くなり、仮眠室に泊っていくスタッフがいたのだが、大抵の場合、彼らはベッドで金縛りに掛かったという。

それだけならまだマシなのだが、運が悪いとその先を見ることになった。

簡易ベッドの足側にある押入れが、ひとりでに開くのである。

そして、押入れから〈ぞろぞろ〉と、人が出てきて――

ベッドの脇を這いずって、隣の部屋へと通り抜けていった。

その光景を見たスタッフは、その後、仮眠室で眠らなくなったそうだ。

「そんな話が多いから、試しに調べてみたんだよ。建築図面を自分で引いて……そしたら、あのマンションって、壁にやたらと空洞があることがわかったんだ」

いわゆる、虚《うろ》である。

つまり、本来は利用できるはずの空間を、壁板で塞いでしまっていたのである。

だが、なぜマンションの壁に虚があるのか、その理由はわからなかった。

「特に、仮眠室の押入れが酷くてね。横壁の途中から板が斜めに張ってあって、明らかに奥行きを塞いでいたんだ。普通、あり得ないよ」

不思議と冨野さん自身は、金縛りにあわなかったという。

そのため、ある時期から仮眠室は、冨野さん専用になってしまったらしい。

事務所の他に、幽霊が頻繁に現れる場所がもうひとつあった。

マンションの地下一階で開業していた、バーである。

「そこのバー、会社のスタッフが常連だったんだよ。あいつら、『あのバーなら、どんなに霊感がない人間でも、必ず幽霊が見える』なんて、言っていたけど」

店員は、マスターのひとりだけ。

カウンターの他に、三台のテーブルを設えた、ほどよい広さの店内だった。

常連も多く、冨野さんが知っている限りでは、客足の絶えた試しはない。

「うちのスタッフ、自分の会社では嫌がるくせに、他人の店の幽霊は構わないみたいでね。カウンターで女の霊を見掛けるなんて、よく言っていたよ」

たまに、一見客が幽霊を口説いているのを、横目で見物したりもした。

しかし冨野さんには、酔客がひとりで呟いている姿しか、見えなかったという。

また、〈テーブルの下に男の子がいる〉と、騒ぎ出す客も多かった。

女の笑い声が耳障りなので、ＢＧＭを止めてくれと訴える客もいた。

その都度、「あれ、幽霊ですよ」と、一緒にいたスタッフが教えてくれた。

「でも、僕にはどうにも見えなくてね。だいたい、そんなに幽霊が出るんだったら、店のマスターだって困るだろうと思ったんだ。だから、一度聞いてみたんだよ」

するとマスターは「私だって、怖いですよ」と、嫌な顔をした。

なんでも、開店準備のため、最初に店のドアを開ける瞬間が一番怖いのだという。

「――カウンターで、女が首を吊っていることがあって」

蒼ざめた表情で、マスターが言う。

そんなときは、一旦ドアを閉めてから、再び開け直してみるらしい。

大抵は、それで消えるのだという。

「でも、その幽霊を見ると、一日中、気分が落ち込むんだって。だから、あのマスター『早く金を貯めて、別の店に移りたい』って、いつも愚痴っていたよ」

冨野さんは店を訪れるたび、マスターの愚痴につき合わされたそうだ。


「もうひとつ、面白い話があってね。僕が会社から独立する一年くらい前だったかな。その年、事務所が移転することになったんだ。とは言っても、マンションの別の階に、部屋を借り直しただけだったんだけど」

最上階にある部屋に空きができ、そこに引っ越すことになったのである。

当時、デザイン部門のリーダーだった冨野さんは、移転作業の責任者に任じられた。

最初に彼が行った仕事は、空き部屋の確認だったという。

先の入居者が余計なことをしていないか、調べておく必要があったのである。

すると一ヵ所だけ、気になる箇所を見つけた。

デザイン室にする予定の部屋だが、壁の一端がどうにも不自然に見えたのである。

真っ平らなはずの壁が、なぜか僅かに凹んでいたという。

どうやら壁の上に、新しい壁紙が貼り直されているらしい。

「そこのマンション、部屋に虚が多いのを知っていたから、ちょっと用心していてね。どうせ借りるんだし、思い切って壁紙を剥がしてみたんだよ」

すると壁紙の下から、埋設された戸棚が出てきたという。

取っ手を外し、隙間にガムテープで目張りがされた、戸棚である。

〈まさか……隠し金庫じゃないよな?〉

面倒なことになりそうだと思ったが、このまま放っておく訳にもいかない。

ガムテープを剥がし、扉を開けてみた。

――鳥居が、吊るされていた。

赤い小さな鳥居が、何もない戸棚の空間に浮かんでいた。

その鳥居は、戸棚の内壁から伸びた紐で、六方から支えられていたのである。

「まるで、鳥居が六本の紐で封じ込められているように見えたよ……あれは、さすがに気味が悪かったね」

　下手に触らないほうが良いと、素直に考えた。

　冨野さんは戸棚を閉め、壁紙を貼り直すことにした。


　その後、引っ越しも終わり、会社の業務が通常運転に戻った頃のこと。

　デザイナーのひとりが、いきなり病欠した。

　相当に熱が高いらしく、暫く出社ができそうもないと連絡があった。

　しかし、そのデザイナーが抱えていた仕事を、止めてしまう訳にはいかない。

　冨野さんも加わり、皆で手分けしてフォローに回ることになった。

「でも、やっぱり難しいんだよ。クライアントの意向とかさ、担当している本人じゃないと、わからないことも多くて」

　そのうちに、病欠していたデザイナーが出社してきたという。

　だが、見るからに顔色が悪い。

　病院で診察を受けてはいたが、なぜか病名すら不明なのだという。

　それでも仕事の締め切りが近いので、無理を押して出社してきたのである。

　聞くと、体調が悪くなったのは、デザイン室で仕事をしていた最中だったらしい。

「それを聞いて、ちょっと嫌な感じがしてね。デザイナーに『お前、この部屋で何かしなかったか?』って確認したんだ。そしたら……」

その日、彼は遅くまで、デザイン室で残業をしていたという。

すると、ふと、背中に風が当たるのを感じた。

気になって室内を見回したが、窓は閉まっており、エアコンでもなさそうだ。

〈どこから?〉と、吹き込む方向を辿ると、背後の壁に行き当たった。

見ると、ある一角だけ壁紙が少し浮いている。

〈これ、なんだろう?〉と、壁紙を剥がそうとすると――

耳元で『コーンッ!』という、甲高い鳴き声を聞いた。

その瞬間、意識が急に遠くなり、その場で昏倒したらしい。

朝になって目を覚ますと、酷い悪寒を感じた。

とりあえず壁紙を戻して病院に行ったが、いまでも具合が良くないのだという。

「そのデザイナーを、近くの稲荷神社に連れて行ったんだ。そこで、お祓いをして貰ってね……そしたらあいつ、嘘みたいにコロっと体調が良くなったよ」

例の扉は業者に頼んで、綺麗に壁紙を貼り直したそうだ。

その数年後、冨野さんは独立して、自分のデザイン事務所を持つことにした。

ただ、前の会社のスタッフたちとは、つき合いを続けていたという。

「確か、独立して二年目くらいだったかな。会社の連中と飲む約束をして、久しぶりに例のマンションへ行ってみたんだ」

事務所でみんなの仕事が終わるのを待ち、一緒にエレベーターで下りた。

そして、マンションの前を通ると――

地下へと下る階段が、消え失せていることに気がついた。

コンクリートで、平らに塗り潰されている。

「驚いたよ。完全に階段が封鎖されていたからね。地下に通じる唯一の出入り口だったんだが、随分と思い切ったことするなぁって」

スタッフに理由を訊ねると、表情が翳った。

――バーの、マスターが亡くなったんだ……自殺だよ。

沈んだ声で、スタッフが教えてくれた。

聞くと、マスターは亡くなる直前に「やっと、この店を離れることができる」と、嬉しそうに話していたらしい。

詳しいことは聴けなかったが、どうやら別の職を見つけていたようだ。

「でも、あんなに、あのバーを辞めたがっていたのに」と、スタッフが呟いた。

マスターは、カウンターで首を吊っていたらしい。

その後、地下の階段がコンクリートで塞がれるまで、ひと月が掛からなかった。

マンションのオーナーが、早々に封鎖を決めたのである。


「だけどさ、あれって考えてみると、地下一階のフロアー全体が、新しい虚になっているんだよ。それに、移転先で見つけた戸棚って、『何者か』を閉じ込めておくための虚だった訳だし……あのマンションって、一体何なんだろう？」

結局、マンションに虚があった理由は、知ることはできなかった。

また、なぜ冨野さんだけが幽霊を見なかったのか、それも謎のままである。

犬神

村田さんは子供の頃、四国のとある片田舎に住んでいた。

いまから五十年も昔のことで、当時の記憶もだいぶ薄れてしまっているという。

だがひとつだけ、彼の脳裏に深く刻み込まれている記憶がある。

「決して愉快な思い出じゃないけど、どうしても忘れられなくてね」

そう言うと、村田さんは追想するように語り始めた。


「僕は子供の頃、頻繁に悪夢を見ていたんだよ。それも、ちょっと変わった夢でね……夢の中に、いつも知らない男が現れるんだ」

小学校に上がる前にも見ていたと言うので、かなり幼い時期からのことになる。

その悪夢には必ず、同じ人物が現れたのだという。

全身が真っ黒な男で、顔もよく見えない。

そいつは村田さんの目の前に立ち塞がると、必ずこんなことを聞いてきた。

『お前の名前は○○だろう?』

村田さんは問われるたびに、〈違うよ〉と首を横に振った。

だが、男は意に介さずに『お前は○○だろう?』と、質問を繰り返すのである。

「不思議なんだけどさ、なぜか目が覚めると『○○』って名前を忘れているんだよ。夢の中で『そんな名前は知らない』って、否定したことは覚えているんだけど」

その黒い男は延々と、同じ質問を繰り返すだけだった。

一方、村田さんも〈違う、僕の名前じゃない〉としか答えられない。

だが、小三に上がった、ある夜。

つい、男の質問に対して『はい』と答えてしまった。

あまりにも執拗に問い掛けられ、否定し切れなくなったのである。

すると男は、『そうか、お前は○○なんだな?』と言うと――

真っ黒な顔に〈にぃ〉と、白い歯を見せた。

そして、懐から短い刃物を引き抜いて、村田さんの胸に〈ドンッ〉と突き立てた。

「うわぁぁぁぁーーっっ!」

その瞬間、胸に鋭い痛みを感じ、悲鳴を上げて飛び起きたのだという。

心配した両親が「どうしたのっ⁉」と、隣室から布団に駆け寄ってくる。

〈夢で……〉と言おうとして、胸の痛みに思わず言葉を詰まらせた。

シャツを捲ると、左の胸から血が出ていた。

「いまでも、そのときの痕が残っているよ。ちょうど心臓の真上で……幅は一センチくらいかな。浅い傷だったから、命に関わるようなものじゃなかったけど」

それでも、シャツを染める程度の出血はあったらしい。

その晩は、大騒ぎとなった。

翌朝、両親から〈一体、何が起こったんだ?〉と問い詰められた。

仕方なく、以前から見ていた悪夢のことを、洗いざらいに説明したという。

「父親に『なぜ、いままで黙っていたんだ』って、散々に怒られたよ」

その日、彼はとある神社に連れて行かれた。

毎年、お参りをする神社だったが、本殿ではなく社務所に通されたという。

そこで、初めて神主と対面した。

「息子さん、何かの呪いを掛けられていますね。危ない状態のようだ」

両親の説明を聞いた神主が、村田さんを見据えながら言った。

「また、ひと月後に来なさい。恐らく、その間に夢を見続けるだろうが、今度は絶対に頷いてはいけないよ。確実に命取りになるから」

そう何度も念押しされて、家に帰されたという。

「その一ヵ月は、本当に酷かったよ。毎晩、悪夢を見続けてね。それにあの黒い男も、まるで恫喝するみたいな乱暴な口調に変わっていたよ」

怖かったが、同時に〈この人は、焦っている〉とも感じた。

恫喝《どうかつ》は日々激しさを増したが、村田さんは決して屈しなかった。

神主との約束を、違えたくなかったのである。

そして、ようやくひと月が経つと、再び神社を訪れることになった。

「よく頑張ったな。これでもう大丈夫だ」

そう言って神主は、小さなお守りを村田さんに渡してくれた。

なんでも、そのお守りを持って寝ると、悪夢を見なくなるのだという。

言われた通りにすると、なるほど、あの男が夢に出てくることはなくなった。

何日か過ぎると、両親に「もう、お守りも必要ない」と言われた。

それ以来、村田さんの夢にあの男は現れていない。

「それで、悪夢の件は無事に片付いたんだ。ただ、あのとき連れて行かれた神社や、貰ったお守りが一体何だったのか、ずっと疑問に思っていてね」

その後、成人した村田さんは、あの一件について母親に訊ねてみたという。

——あれは、犬神様だよ。

母親が、渋りながらも重い口を開いてくれた。

なんでも、あの神社では古くから犬神様を祭っており、呪術や、呪い返しの技法に、長けているのだという。

どうやら神主は、呪い返しを行うことで、村田さんを救ってくれたらしい。

「母が言うにはね、呪いを跳ね返すために、犬を一匹、犠牲したんだって。もちろん、見た訳じゃないけど……犬を地面に埋めて、首を切断する儀式があると聞いたよ」

彼が貰ったお守りには、儀式で殺された犬の〈一部〉が入っていたらしい。

「でも、そのお陰で僕は助かったんだから、何も言える立場じゃないよ。だけどさ、人を呪ったとか……返されただのって、あまり気持ちのいい話じゃないよね」

成人後、村田さんは就職のために上京し、それから四十年が経っている。

滅多に田舎には戻らないので、あの神社がどうなっているのか、知らないという。

感染

知人に紹介された陽菜さんは、二十歳そこその女性だった。

若い年齢の割には、これまでに様々な体験をしてきたのだという。

その場の飲み代を奢るという約束で、話を聞かせて貰った。

「ちょっと前から、チャットで援交やってんのよ。デリヘルだと、店にマージン抜かれちゃうからね。そんなの、損じゃない?」

陽菜さんは、いわゆる出会い系チャットと呼ばれるサイトを利用している。

有り体に言えば、売春である。

だが、個人でやっていることで、文句を言われる筋合いではないと、彼女は言う。

「気が乗らなきゃ、食事だけってこともあるし……恋愛で、お金貰うのは自由だから」

ただし、何の後ろ盾も無い〈個人営業〉である。

客の選別によっては、危険な目に遭わされる可能性も考えられる。

そのため、チャットでの会話には、特に注意を払っているらしい。

「しつこく確認するの。できれば、音声チャットが良いんだけどね。でも、結構わかるのよ、相手がどんな奴かって。『コイツ、料金踏み倒しそう』とか、『絶対、クスリやってる』とか。そーゆー客って、大抵、チャットでもキショいから」


最近のことである。

いつもの出会い系チャットで、『山本』と名のる男性と会話をした。

初見の客だったが、送られてくる文章は割とまともで、危険な感じはしない。

ただ、男性が提示してきた金額は、相場よりもだいぶ高額だった。

〈遊び慣れていない人かも〉と、興味を持った。

「結局、ラブホで会うことにしたの。向こうが部屋を取って、部屋の番号をメールするって。ただ、ホテルだけはこっちが決めたんだけど」

当日の、午後十時。

ホテルの前まで来ると、部屋番号を伝えるメールが入っていた。

早速、指定された部屋の前まで行って、呼び鈴を押した。

ドアが開くと「どうも、陽菜さんですよね」と、中年男性が迎えてくれた。

少し暗い表情をしているが、暴力的な陰鬱さは感じない。

「普通のサラリーマンって感じだったかな。見た目、変態的なタイプって訳でもなさそうだったけど……そのひと、ちょっと変わっていて」

少し落ちつくと、山本は「陽菜ちゃんに、やって欲しいことがある」と言い出した。なんでも、いまから自分はベッドで眠るので、その様子を傍で見ていて欲しいと、彼女に頼み込むのである。

その間、陽菜さんは何もせず、ただ椅子に座っていれば良いらしい。

「最初、何かの冗談だと思ったのよ。ただ、寝顔を見ているだけで、一時間に三万円も出すって言うから……それも、エッチ無しでよ？」

プレイ時間は、十時半から朝の三時半までの五時間。

ただし、五時間が経つまでは、絶対に部屋から出ないで欲しいと言われた。

「で、前金で七万渡されたの……すっごく、気前が良かったわ」

暫くすると、本当に山本はベッドで鼾《いびき》をかき始めたという。

陽菜さんには、指一本触れようとすらしなかった。

だが——一時間もすると、陽菜さんはうんざりしてきた。

最初は高額のサービス料に喜んだが、次第に退屈だと感じ始めたのである。

見ると、山本はぐっすりと寝入っている様子だった。

〈これなら、いま帰っても、バレないよね?〉

そっとドアを開け、彼女は部屋から出ていったという。

「家に着いてから『残りの八万、貰えないじゃん?』って気がついたけど、どうでもよくなっちゃって。どうせあの客、もう連絡してこないだろうと思ったし」

だが、三日もすると、再び山本がチャットに入室した。

さすがに、文句を言われると覚悟をしたが、そうでもないらしい。

〈また、頼めるかな?〉

同じプレイを、近いうちにもう一度、やって欲しいのだという。

陽菜さんは、深く考えずにOKした。

「残りの半金も払ってくれるって言うし。こないだ、すぐに帰ったことも、バレてないみたいだったから、いいかなって」

二度目も、同じホテルの同じ部屋だった。

山本が丁重に迎えてくれたのも、まったく同じ。

ただ、前回と違っていたのは、彼が最初から寝巻に着替えていたことだけ。

そして、眠る前「今度は、最後まで部屋にいて欲しい」と、注文をつけられた。

〈バレてんじゃん?〉と焦ったが、それ以上のことは言われなかったという。

さすがに悪い気がして、今度は大人しく椅子に座っていようと思った。

が——それでもやはり、二時間も経つと退屈で堪らなくなってくる。

〈ちょっと部屋を空けるくらいなら、いいよね?〉

彼女は部屋を出て、近くにあるショットバーで酒とつまみを注文した。

軽く一杯引っ掛けてから、部屋に戻るつもりだったのだ。

だが、次々と杯を重ねるうちに、いつの間にか朝四時を過ぎてしまっていた。

慌てて部屋に戻ってみると——山本は、まだベッドで眠ったままだった。

〈なんだ、焦る必要なかったじゃん〉

彼女は安心して、タクシーで帰宅したという。


「そしたら、山本がまたチャットに来たのよ。次も、頼みたいって」

多少の慣れを感じていた陽菜さんは、気軽に仕事を引き受けたという。

だが、三度目のときは、山本の表情に不機嫌さが見えた。

どうやら、彼女が約束を守らないことに、不満を感じているらしい。

「もし、飲み物が欲しくなったら、冷蔵庫を自由に使っていいから」

そう言うと、前回分と合わせた十五万を〈ぽん〉と手渡してくれた。

そして、「五時間、絶対に部屋から出ないでくれ」と、何度も念押しをされた。

「さすがに、ちょっとマズいかなって。いままで、結構な金額を貰っているし、今度はちゃんとやらなきゃって……」

陽菜さんは初めて、約束の五時間を山本と一緒に過ごした。

もちろん、山本は眠っているだけ。

何かが起こる訳でもなく、ただ時間だけが過ぎていく。

やがて五時間が経ち、ついに約束を果たした陽菜さんは、そのまま帰宅した。

山本を、起こそうとは思わなかった。


「そしたらね、あの人、チャットに来なくなっちゃったの。メールもないし……きっと、プレイに飽きたんだろうなぁって」

ただ、それだけのことだと、陽菜さんはあまり気にもしなかったそうだ。

所詮、大勢いる客のひとりに過ぎなかったのである。

しかし、その頃から少しだけ、不思議なことが起こり始めた。

なぜか、ときどき山本の夢を見るのである。

悪夢などではない。

普段から見る他愛もない夢の中に、山本が現れるのである。

もちろん、山本に好意など抱いてはいない。

「でも、別にいいやって思っていたの。どうせ、夢のことで……実害がある訳じゃないし、ちょっと気になった程度だったから」

それから暫くして、久しぶりに山本からチャットのメールが届いたという。

そこには「待たせてしまったが、残りの料金を払いたい」と書いてある。

今回は料金を支払うだけで、プレイの依頼ではないようだ。

早速、陽菜さんは待ち合わせ場所に行き、残りの半金を受け取ることにした。

そのとき、思い切って「あのプレイって、一体何なの？」と聞いてみた。

何を目的としたプレイなのか、ずっと疑問に思っていたのである。

だが、山本は曖昧にはぐらかすだけで、質問には答えようとしなかった。

仕方なく陽菜さんは、少し話題を変えてみることにした。

「最近ね、山本さんの夢をよく見るんですよ」

「……へぇ、そうなんだ」

「別に、山本さんと何かをしている夢じゃないの。ただ、山本さんが出てくるだけ。

でも、不思議でしょ？　私、あなたの寝顔を見ていただけなのに」

「ああ、うん、そうだね……俺のときも、そうだったから」

最後にそう言うと、山本はそのまま立ち去ってしまった。

「わかんないけど、あれって山本も同じことを、やられたって意味だったのかなぁ？　それに、最近ちょっと気になることがあって……山本の夢を見るときって、私、必ず五時間で目が覚めるのよ。どんな睡眠不足の日でも、きっちり五時間」

彼女は少し怯えた目で、そんなことを言った。

――キミ、それって何かを感染《うつ》されているよ。

思わず声に出しそうになったが、敢えて言わずに取材を終えた。

その後、山本からの連絡はまったくないのだという。

晒し野

冨野さんは、横浜で個人のデザイン事務所を経営している。

六十歳を過ぎてなお、業界の第一線で活躍するデザイナーである。

そんな彼に、学生時代から続く体験談を聞かせて貰った。


「僕は、デザイン系の専門学校出身なんだ。ちょっと変わった学校で、同級生も面白い奴が多かったよ。在学中に、デザイン事務所から引き抜かれる生徒もいたしね」

二年生のときのこと。

冨野さんが履修していたゼミで、夏合宿が行われることになった。

場所は関東近郊の海岸で、宿泊所は海の家である。

ただ、参加人数が多く、全員が一度に宿泊することはできなかった。

そのため、前発、後発の二組に分かれ、入れ替えで合宿を行ったのだという。

冨野さんは、後発組での参加だった。

到着すると、まだ先発組の生徒が海の家に残っていた。

その内のひとりに「よっ！　お疲れ」と、声を掛けられたという。

高木という名前の、同級生だった。

彼は就職して社会人となった後、専門学校に再入学したという経歴の持ち主である。

そのため、同じ学年ではあっても、年齢は六歳年上だった。

「俺さぁ、すごい場所を見つけたんだよ。そこで肝試しをやったら、絶対に盛り上がると思うんだ。いまから教えてやるからさ、ついて来なよ」

そんなことを、言うのである。

見ると、冨野さんの他にもうひとり、里中さんにも声を掛けたようだった。

「正直、着いたばかりで外に出るのも面倒だったんだが……折角、近くを案内してくれるって言うのを、無碍《むげ》に断るのも悪い気がしてね」

里中さんとふたり、言われるまま高木さんの後ろについて行った。

すると、高木さんは近くの丘まで、ふたりを案内したという。

遠望すれば海が望める高台だが、そこから下る田舎道は山林へと繋がっていた。

その田舎道を指さして、高木さんが説明を始めた。

なんでも、田舎道をまっすぐ道を進むと、途中で竹林が見えてくるのだという。

その竹林の向こうには、枯れススキが群生しており――

そこに異常な数の電柱が立っていると、高木さんは言うのである。

なぜか、その電柱のてっぺんには、丸く束ねられた藁《わら》も載っているらしい。

「それがさぁ、まるで生首みたいに見えるんだよ。どうだ、すげぇ気持ち悪いだろ？　夜中に肝試しで女の子を連れてったら、絶対に盛り上がるぞ」

「ホントですか？　でも、夜とか危なそうですけど」と、里中さん。

「なら、昼間のうちに一度行ってみなよ。ここから、そんなに遠くないからさ」

そう勧められ、冨野さんも〈面白いかもしれない〉と思い始めていた。


「でね、荷物を片づけた後、言われた場所に、ふたりで行ってみたんだよ」

だが、ススキが生えた野原に着いたものの、電柱など見当たらない。

しかも、そこのススキはまだ青々として、枯れてなどいなかった。

結局、ふたりは行き止まりの野原を見ただけで、引き返すことになった。

「よく考えたらさ、同じ場所に電柱が何本も立っているなんて、あり得ないんだよ……騙されたと思ってね、急いで戻ったんだ」

だが、海の家に戻ってみると、すでに先発組が出立した後だった。

やがて、夏合宿は無事に終わり、九月初旬には後期の授業が始まったという。

だが、新学期が始まっても、キャンパスに高木さんの姿を見掛けることはなかった。夏合宿で騙されたことを、いまさら蒸し返すつもりはない。ただ、彼が学校に来ないことが、気掛かりではあった。そこで冨野さんは、沢田という同級生に、高木さんのことを訊ねてみることにした。以前から、彼が高木さんと一緒にいるのを、よく見掛けていたのである。が、沢田さんは「知らないよ、そんなこと」と、不機嫌に答えただけだった。他に手掛かりもなく、それっきりとなった。

＊

やがて数ヵ月が過ぎ、卒業式が近くなった頃。

「話しておきたいことがある」と、沢田さんに喫茶店に誘われた。

彼と会話をするのは、高木さんの一件以来だった。

「こないだは、ちゃんと答えなくて悪かったな。高木なんだが……あいつ、ちょっと不味いことになっていてさ。いまは実家に帰っているんだよ」

腰を落ち着かせる間もなく、沢田さんが話し始めた。

「あいつ……合宿でお前たちに、ある場所について教えていただろ。実はさ、お前らより先に、俺もあの原っぱに行っていたんだよ……あいつと一緒に」

合宿の休憩時間、散歩がてらに周辺を散策したのだと、沢田さんは言った。

そのとき偶然、竹林の向こうに野原を見つけたらしい。

だが高木さんは、その野原を見た途端――

「すげーなっ、電柱がたくさん立ってるじゃんっ！」と、声を弾ませたという。

だが、沢田さんは〈……それは違う〉と思った。

「あいつ、たくさんの電柱に、藁《わら》の束が載っているって言うんだけど……俺にはそれが、長い棒に載せられた生首にしか見えなかったんだよ」

いわゆる、「晒《さら》し首」である。

どうやら高木さんには、晒し首を載せた棒が、電柱に見えていたらしい。

沢田さんは怖くなり、高木さんを連れて、その場から逃げたという。

「で、それから高木の様子がおかしくなったんだよ。一緒にいても、やたらとキョロキョロするし……何かに、怯えた様子に見えて」

その後、高木さんは外出しなくなり、アパートに閉じ籠るようになった。

心配した沢田さんは、アパートに行って本人から事情を聞いたそうだ。

すると彼は、『晒し首がいるから、外に出られない』と告白した。

外出をすると、至るところで晒し首を見てしまうのだと、言うのである。

「でも、さすがに外に出ない訳にもいかないからさ、一度、買い物につき合ってやったんだよ。そしたら急に『晒し首がいる』って喚きだして、逃げちゃったんだ」

――高木のやつ、このままじゃ危ないな。

そう判断した沢田さんは、高木さんの両親に連絡を取り、事後を託したのだという。

＊

「だからあいつ、いまは実家に帰っているんだよ」

そう言うと、沢田さんはコーヒーを啜った。

一方、話を聞き終えた冨野さんは、返答の言葉に詰まったという。

沢田さんの話を、そのまま信じる気にはなれなかったのである。

隣りで聞いていた里中さんは「へー、そうなんだ」と、そっけなく答えていた。

「だって俺らは、高木の様子を見てないし……第一、野原に行っただけで高木がおかしくなったなんて、どうにも信じられなくて」

沢田さんに「高木の様子がわかったら、また教えてくれ」と頼み、席を立った。

それから一年ほど過ぎたある日、沢田さんから電話を貰った。

その頃、冨野さんは有名なデザイン事務所に就職し、多忙な日々を送っていた。

だからという訳ではないが、沢田さんのことをすっかり忘れていたらしい。

「やあ、元気にしてるかい？」

「ああ、何とかやっているよ。ひさしぶりだね、そっちは？」

「うん、ちょっと元気とは言えないかな……色々あったからね。でも、冨野くんが元気そうで、なによりだよ」

そこまで話をして、冨野さんはようやく〈晒し首〉の一件を思い出したという。

それと、もうひとつ――

沢田さんが妙に馴れ馴れしく、優しい口調であることに気がついた。

以前の彼は、もっとぶっきらぼうで、粗暴な口の利き方をしていたはずだった。

「それでね、電話した要件なんだけど……ちょっと聞いて貰いたいことがあってね。前に高木くんが言っていた晒し首さぁ、最近、僕にも見えるようになったんだ」

意外な話に驚き、「それは、どういうことだ？」と聞き返した。

「前に、高木くんのこと、話しただろ？　外に出ると、晒し首が見えるって……あれ、本当だったんだ。僕も最近、見るようになってきてね」

「本当かよ？　だったら……誰か、頼りになる奴はいないのか？」

「いや、晒し首のほうは、何とかなりそうなんだ。偶然に、良い神社を見つけてね。そこなら、祓って貰えそうなんだよ……でね、冨野くんに相談なんだけど、もし良かったらさ、その神社に一緒に行って貰えないかなぁ？」

——思わず、『はぁ？』と声が漏れた。

仮に、いままで聞いた話が事実だとしても、冨野さんがつき合う理由はない。

そんなのは無理だと、即座に断った。

だが、いくら断っても、沢田さんはしつこく誘ってきたという。

「とても良い神社だから、ぜひ同行して貰いたい」と、懇願するのである。

業を煮やした冨野さんは、「いま仕事が忙しいからさ。お祓いが終わったら、結果だけ教えてくれよ」と言って、電話を切った。

だが、一週間もすると、本当に沢田さんが電話を掛けてきた。

聞くと、彼は『神社』でお祓いを受け、いまではもう晒し首を見ないのだという。

「でね、今度その神社に、お礼を言いに行くつもりなんだけど……冨野くん、一緒に行かないかい？　とても良い神社なんだよ」

その言葉を聞いて、冨野さんは〈あぁ、やっぱり〉と確信した。

「この電話、明らかに新興宗教の勧誘だと思ってね。この馬鹿、なんだかんだ理由つけて、結局は俺を宗教に誘いたいだけだって……そう思えたからさ」

――つき合ってやるつもりは無いし、もう電話を掛けてこないで欲しい。

きっぱりと、断った。

すると、電話口で暫く無音が続き、〈ガチャン〉と受話器を置く音がしたという。


話は、それから十数年後に飛ぶ。

ある日、冨野さんの携帯電話に着信があった。

出てみると、「やあ、ひさしぶり。沢田だけど、覚えてる?」と、相手が名乗った。

〈あっ、こいつ。まだ、宗教の勧誘やってんだ〉と、瞬時に気づいた。

沢田さんの口調が以前よりねっとりして、妙に耳障りが悪かったのである。

話している内容も、どことなく不安を煽るような、扇動的なものだった。

「要は、十年前に勧めてきたこととの繰り返しなんだよ。色んな話題を振ってくるんだけど、結局は『神社』に行かないかって、誘ってくるだけで」

ただ、このときは邪険にするのも可哀そうで、少しだけ話を聞いてやった。

〈こいつ、どこで人生を狂わせたんだろう?〉と、残念にも思った。

彼の話しぶりから推測すると、まともな職に就いているとは考えられない。

「……で、沢田さぁ。何でお前、俺をそんなに『神社』に連れて行きたいわけ？」

勧誘がひと段落したところで、冨野さんは直截に聞いてみたという。

するとと、暫く沈黙が続き――

「心配なんだよ、ふたりのことが。キミと里中くんって、あの野原に行ったんだろ？　あそこに行くと、晒し首が見えて……高木くんみたいに、死んじゃうから」

一瞬、彼が何を言ったのか、理解できなかった。

「えっ？　高木って……死んだのか？」と、聞き返した。

「あれぇ、知らなかったの？　もう何年も前になるけど、自分の首を包丁で突いて、自殺したんだよ。だから余計に心配で、冨野く……」

そこまで聞いて、冨野さんは一方的に携帯を切った。

詳しく知りたい気持ちもあったが、これ以上、彼の話を聞くのは堪えられなかった。

もしかしたら、単純に怖くなっただけなのかも知れない。

更に数年が経ち、冨野さんが個人事務所を開いた頃のこと。

ある日、得意先のクライアントから「トミちゃん、〇〇専門学校の出身なんだって？」と、いきなり質問された。

冨野さんが頷くと、「じゃあ、里中くんを知っている？」と、重ねて訊ねられた。
「えっ、それって父親の印刷会社を継いだ、あの里中ですよね？」
思わぬところから古い友人の名前が出て、少し驚いた。
彼とはもう、何年も連絡を取っていなかったのである。
すると、クライアントは「つい先日、彼は亡くなったよ」と、沈んだ声で言った。
聞くと、里中さんの会社とは、先代からのつき合いだったらしい。
「――だけどさ、最近ちょっと、彼の様子がおかしくなっていてね」
クライアントが、亡くなる前の里中さんの状況を教えてくれた。
いつの頃からか、彼は商談の最中に視線を泳がせるようになったのだという。
終始、何かに怯えている様子で、時折「ひっ！」と、悲鳴を上げたりもする。
一体、どうしたのかと問い詰めると「晒し首がいる」と、意味不明なことを言った。
〈彼、精神が参っているんじゃ……？〉
クライアントが心配していた矢先、里中さんは突然に亡くなったのである。
父親である先代社長に聞いた話では、自分の喉元を包丁で突いて死んだらしい。
自殺の動機は、わからなかったという。
「だけどさ、ちょっと気になっていることがあってね……里中くん、亡くなる前に、

『一緒に、神社に行かないか?』って、頻りに私を誘っていたんだよ」
それを聞き、冨野さんの背筋が凍りついた。
沢田さんが言っていた『神社』のことだとしか、考えられなかったからである。

そして、現在に至る。
里中さんの自殺を最後に、晒し首の件は止まっている。
すべてが、終わったのかもしれないし――
いつか、冨野さんにも晒し首が見えるようになるのかもしれない。
だが、彼もすでに六十歳を過ぎている。
自分なりに、十分悔いのない人生を過ごしてきたつもりだ。
それでも時折、自分はなぜ生き残れたのかと、考えることがある。
憶測だが、晒し首で狂い死にをする条件は、ふたつあったのではないか?
ひとつは、あの「野原」に行くこと。
そして、もうひとつは――「神社」に連れて行かれること。
そのふたつを満たさなければ、晒し首は現れないように思えるのである。
「恐らく沢田はさ、高木と里中のふたりを『神社』に誘い出していたんじゃないかな……って言うのもね、後になってから気がついたんだけど」

最後に沢田さんから電話があったとき、冨野さんは携帯電話を使っていた。

だが当時、彼は数人の親しい友人にしか、番号を教えていなかったのである。

その中には、里中さんも含まれていた。

つまり沢田さんは、以前から里中さんとも連絡を取っていた可能性があるのだ。

「結局、『神社』というのが何だったのか、いまでもよくわからないんだよ。ただ……いま考えると、沢田の奴は最初から全部知っていたような気がするんだ。俺にはさ、あいつがすべての元凶だったように思えて、仕方がないんだよ」

——最近、沢田さんの夢を見ることがある。

枯れたススキの野原で、沢田さんの首が野晒しにされている夢なのだという。

その顔は年老いて、青黒く朽ち果ててしまっている。

だが冨野さんは、その夢を見るたびに「あいつも、死んでしまったのか」と、少し寂しく思うのである。

あとがき

この度は、『実話怪事記　狂い首』を御購読頂きまして、誠に有難う御座います。

怪談作家をやらせて頂いております、真白と申します。


そろそろ、本格的な寒さが身に染みる季節となって参りました。

読者の皆様に於かれましては、如何お過ごしで御座いましょうか？

私の近況を申し上げますと、精神的、体力的、金銭的、そして時間的に、かなりギリギリな線で、何とか生き繋いでいる状態が続いております。

特に今回は、締め切りまでの時間が〈圧倒的〉に少なく、何度か「もう、駄目かもしれない」と、絶望感に打ちひしがれたりしておりました。

そのような状況にあって、無事に本書を上梓することができましたのは、体験談をご提供頂きました皆様、そして本書をお手に取って頂けました皆様のおかげと、心から感謝しております。

さて、本作は〈実話怪事記〉というシリーズ名を冠した、三冊目の著書となります。

有難いことに、何とかシリーズを継続することができております。

ですが、一作目の『実話怪事記　腐れ魂』上梓した際には、「果たしてこの私が、実話怪談本を出し続けられるものだろうか?」と、不安に駆られたものでした。

そして困ったことに、その不安は現在でもまったく解消されておりません。

寧ろ、回を重ねるごとに強くなり、苦悩が増すばかりです。

その理由は、「怖い体験談」の収集にあります。

つまり、取材です。

毎回、大変に大勢の体験者の方々、或いは体験者を紹介して下さった方々に、多大なるご協力を頂いて、話を集めさせて頂いております。

ですが、実話怪談書きと呼ばれる職業は大変難儀なものでして、怖い体験談を嫌と言うほど集めても、「はい、もう十分です」とはなりません。

集めれば集めるほど、次の「もっと怖い話」が必要になってくるのです。

これは、楽しいことである反面——そら恐ろしいことでもあります。

なぜなら、活動の根幹となる「取材」が、言ってみれば「運任せ」だからです。

いくら頑張って取材をしても、この「運任せ」の部分は基本的に変わりません。

結局、一冊の本として纏まるかどうかの確証がないまま、漠然と執筆活動に励み、コツコツと取材を続けていくしかないのです。

これは――強烈に怖いですよ。

まぁ、脱稿して一週間もすると、そんなことはすっかり忘れて、次の体験談集めに心踊らせたりしているのですから、脳天気でなければ怪談書きには向いていないのかもしれません。


では今回も、執筆するにあたって、お世話になった方々にお礼を。

いつも多大なるご支援を頂いておりますSさん。

毎回、珍妙な話を聞かせてくれる友人のS、Kさん。

前回に引き続き、大変に重いお話を頂戴致しました、デザイナーのT様。

怪談イベントで、お世話になっているSさん。

怪談を集めるたびに、試し語りをさせて頂いている、Tさん。

その他にも、沢山の方々に大変お世話になりました。

それと、二ヵ月ほど前だったでしょうか、編集のNさんに締め切りを伸ばしてくれないかと、ご相談させて頂いておりました折、近くに座っていらした平山夢明先生から、「締め切りは守らないと駄目だ」という趣旨の、叱咤激励を頂きました。
さすがに、そのお言葉を頂戴致しました折には「……マジか」と思ったりしました。
ですが、何とか締め切りを守ることができそうです。
本当に、感謝の念に堪えません。
このように様々な方々の御厚意によって、本書は出来上がっております。
最後に読者の皆様に深くお礼申し上げつつ、本書の締めとさせて頂きます。

二〇一八年十一月二日　猫のうるさい自宅にて

実話怪事記　狂い首

2018年12月6日　初版第1刷発行

著者　真白　圭
企画・編集　中西如(Studio DARA)
発行人　後藤明信
発行所　株式会社 竹書房
〒102-0072 東京都千代田区飯田橋2-7-3
電話03(3264)1576(代表)
電話03(3234)6208(編集)
http://www.takeshobo.co.jp
印刷所　中央精版印刷株式会社

定価はカバーに表示しています。
落丁・乱丁本の場合は竹書房までお問い合わせください。

ISBN978-4-8019-1676-0 C0193